梅花徽音

馮健詩詞選集

馮健 著

中國書店

圖書在版編目（CIP）數據

梅苑徽音：馮健詩詞選集 / 馮健著. — 北京：中國書店，2021. 5

ISBN 978-7-5149-2769-6

Ⅰ. ①梅… Ⅱ. ①馮… Ⅲ. ①詩詞—作品集—中國—當代 Ⅳ. ①I227

中國版本圖書館 CIP 數據核字（2020）第 254752 號

梅苑徽音：馮健詩詞選集

馮 健 著

繪　　畫　馮 健
篆　　刻　陳以蘇
責任編輯　趙文杰
出版發行　中國書店
地　　址　北京市西城區琉璃廠東街一一五號
郵政編碼　一〇〇〇五〇
印　　刷　中國電影出版社印刷廠
開　　本　七一〇毫米×一〇〇〇毫米　十六開
版　　次　二〇二一年五月第一版第一次印刷
印　　張　十六點二五
字　　數　二一〇千字
書　　號　ISBN 978-7-5149-2769-6
定　　價　一五六　元

序

序一

北京大學城市與環境學院馮健教授新校所自定詩《梅苑徽音：馮健詩詞選集》付余，以謂吾與君之交，天下莫不聞，宜序吾文莫君若。

教授其爲詩主摹象，發苕穎，家誠齋而户隨園，切畫苑而通書道，性靈警拔，興逸高致，務從己出，而有以自達于其心，非斤斤于詩人之言所有，此可久而俟論定者也。往者舊學以桐城江西爲蕲限，今人視若敝屣之已久，而新學途轍，定勢尤未爲平讞。于是時也，馮君崛起于蘇北江左之區，獨吟咏承繼于京師北庠之上，披露心腑，誓山靈而瀆水神，掩花草，弄光輝，而以通才周智爲之論列，經緯往復，不一切循其矩度，而怊悵述情，漸入豐茂。以此見詩風之變日新，而志士豪杰所由卓然獨立，固在此而不在彼。讀馮君之詩者，亦可得而知之矣。

教授入北大讀博士，余適碩士，論交或當于二十年前，而因緣于此，今惟逾二載。復比鄰居，環堵桑户，倏然物外，或可盡挹其藴，待他日曲盡其妙者，排沙簡金，往往見寶，爲可喜也。及其際也，未嘗見其矜飾之容，矯激之論，而介然曒然，極物變而不喪所守，心敬而异之。泊然寡營，于時無競，而世人所刻意并力以求而不可必者，君皆得之若固有，豈莊生所謂天鬻者耶？讀是集者，蓋知其嘗受知于馮亦吾、徐培晨、踪岩夫、韓天衡諸公，諸公皆特立獨行者。淵源有自，而其涵濡于庭訓，又已豫也。至若晨夕昵語，日以藝事切磨，恒以人情道義相屬，爲余所兄事之，幸之何如！

教授專精于規劃藝術，而隱于詩，放于書畫，不亦然乎！君引之以爲同好，然余常憂生嘆死，家無長物，追光迹影，水無盈時。既而究乎人才盛衰消息之數，所謂救政學之敝而酌新舊之變，着明鄉村風俗之大者，揆幾度務，擘畫古今，恒兀兀以窮年，物議浸陵，舉世同辭，又可嘆也。

嗚乎！士之敝也，蓋相率不能以有所爲，固若舉國空無人焉者。實以文論，兼以行考，不得謂其絶無人，而吾徒二三人者，不得遂謂賢于天下也。夫士之超出一世而莫可逮焉者，如此其不易也。古猶夫今耳。今人不能自比于古人，不取以今人之所爲，上與古人衡議得失，此間暗然無識與夫專門而自聖者同。苟不欲專己自聖而自覺其無以甚异于今人，又頗時時折衷于古人而求其是，而量其身之可以安，如之何而可也？曰：德者恒其德，業者恒其業，不苟于榮利，不馳于聲華，如是而已矣。余向之所欲書而又不足深爲耆舊長者陳，乃推論并世人才淑灘出入之漸，與夫善人君子之升降所由以爲教授賀，而即以樂其天人相遭之境，因以明吾之區區願學而莫能保其終者，則以事事不及君子之恒久貞勝，爲可愧赧也。是爲序。

北京大學中文系教授　柳磬如

序二

馮健是我國著名青年地理學家，在專業領域已經發表大量優質學術論文，出版了許多有影響的學術專著。上半年，他的兩本畫册問世，題爲《酣暢》和《機趣》，分别收録大寫意花鳥和小品扇面代表作。他曾表示，這兩部藝術作品付梓之後，立即集中精力投入地理學專業研究。然而，他竟然『言而無信』，决定一鼓作氣，將詩詞、評論的階段性成果整理出版。我猜測他的畫册一印行就引起藝術界名家的廣泛好評，他備受鼓舞，乾脆一不做、二不休，全方位展現自己的文藝才華。人們可能感到奇怪，地理學家怎麽發表如此多的藝術佳作？其實，在專業之餘，馮健一直潛心研練詩書畫印，『學而時習之』，數十年如一日了。

我與馮健初次見面的時候，就知道他擅長中國書畫，有家學淵源。但那時并不知道他那兼容并蓄的胸懷中還跳動着一顆詩人的心。後來，周一星老師生日，馮健作畫相贈，邀我題畫留念，我纔知道他研習古典詩歌。從此以後，我們偶有唱和。如此交往，已有廿二年頭了。然而，馮健之于詩，與我之于詩，前因後果皆不相同。我少年時代的夢想是做一個小説家、寫一部古典小説式的作品，爲此研習古典詩詞。馮健不然，他有高雅的追求，在藝術方面喜歡詩畫融合：詩中有畫，畫中有詩，詩書畫印交相輝映。他通過繪畫加深詩詞的意境，借助詩詞提升繪畫的神韵。以詩悟畫，以畫悟詩，情景互動，詩畫相長。可見，我之于詩，有詞藝、無詩心；馮健之于詩，有詩心、有詞藝，還有書藝、畫藝、印藝，互爲清源活水。不僅如此，馮健偏愛格律詩詞，近體詩詞與音律有關，可以説詩書畫印樂，五藝融會貫通。

馮健的詩詞有兩個顯著特色，一是詩中有畫，二是言外含情。由于馮健擅長中國大寫意花鳥畫，常常將繪畫的感悟引申到詩詞創作過程中來，不知不覺，詩詞中具有畫的境界，繪畫中也帶有詩的神韵。另一方面，馮健是性情中人，在别人追求項目、職稱等身外名利的時候，他却不願捨弃内心深處對真與美的求索，在專業之餘心游藝海。他的詩語言古樸，如同大寫意用筆，但意境新奇，語言之外，情意綿綿，所以，讀起來感到雅趣悠悠，讀之後感到餘音裊裊：如梅苑三弄之笛，如幽篁一揮之琴。馮健雅量高致，雅好梅蘭竹菊，花草四君子是他大寫意花鳥的首要題材，也是其詩歌《花木百咏》的點睛之筆。

藝術與專業相輔相成。馮健從事藝術創作并未影響他的專業發展。著名華人科學家李政道早就發現科學與藝術相互促進，故曾力推中國科學與藝術的互動。藝術創作或許影響馮健地理學成果的數量，但却潛在地提升其研究品質；影響他當上教授的時間，却提升他的教授品位——學界和藝界同行早以北大教授待之。英國著名科學家狄拉克曾經問美國杰出科學家奥本海默：『聽説你寫詩？』在得到肯定的回答之後，狄拉克頗爲感嘆：『科學，是采用最平常的語言揭示不平常的東西；詩歌，則是采用不平常的語言描述最平常的事情。一個人豈可兼得？』面對生活中各種司空見慣的事物，人人都有感慨，但并非人人都能巧妙地説出。詩人，采用别具一格的語言，將反復觸動人類心靈的日常事物重構出來，讓旁人感到或新奇、或有趣、或感情共鳴、或憂愁化解，尋常一樣窗前月，纔入詩歌便不同。詩人寫詩的過程，也是益智的過程。不僅鍛煉自己的智慧，也會增加讀者的智慧——培根説：『讀詩使人聰慧。』不僅如此。養生者早就發現，讀詩對身心健康大有裨益。

古人説：『詩向會人吟。』對于詩歌，自以爲懂者多，但知味者少。水平和知識結構相近者纔可以有效交流。不論怎樣，『奇文共欣賞，疑義相與析』。好詩、妙詞在後，有緣有才者自會欣賞。

北京大學教授、博士生導師　陳彦光

諸家評論

凡是藝術都需要講究真善美，詩詞也不例外；既要歌頌『真善美』的優良品質。北京大學的馮健教授是個詩畫兼擅、科學與藝術雙修的學者，他作爲科學家『求真』『求實』的一面自不必説，畫家的身份使他的詩詞充滿了畫面美感。他的詩，清新自然，不矯揉造作，也不賣弄學問，如同他的大寫意繪畫一樣，放筆直取，酣暢淋灕，是真性情的流露。

中華詩詞學會會長、故宫博物院原院長、文化部原副部長　鄭欣淼

孔子説『不學詩，無以言』，《毛詩・序》説『詩者，志之所之也。在心爲志，發言爲詩』。可見，詩是文人之『言』，傳文人之『志』。在中國傳統文化中，『詩』和『詩人』有着極其重要的地位。北京大學的馮健教授多年來鑽研文人畫的詩書畫印傳統，堅持用詩來記録生活和表達情感。他不喜歡在詩中堆積典故，而是主張用簡單的語言、清新的語調、雅致的格調來揮灑性情，取得不俗的成績。因爲他擅長繪畫，故而能用畫家的視角觀察、構思、立意，寫出的詩句也與別人不同，是他自己的心聲。

中華詩詞學會顧問、中國楹聯學會原會長　蔣有泉

『書乃詩之餘，詩爲書之魂』，北京大學的馮健教授係當代文人畫的傳承者。所謂文人畫，我以爲是一種飽讀詩書後形成的高雅氣質和風度。馮教授不僅博覽群書傳道授業，且在中國傳統詩書

畫印方面研究頗豐。新作《梅苑徽音：馮健詩詞選集》是他在書畫以外的詩詞創作。他的詩詞具有清晰明達的智識，縱横捭闔的結構，質樸無華的筆法。他從傳統詩體中吸納養分，博采衆長，兼容并蓄；既運用舊體詩的韵律，又吸收現代語言的鮮活。一任世間雪雨風霜，他始終初心如磐，目光如炬，秉持着高潔的志趣和對生命力的追求，始終保持着旺盛的創作生命。相信馮老師會帶給我們更多的驚喜與期待。

中央文史館特約研究員、中國書法家協會理事　羅揚

古人説『言，心聲也』，又説『不學詩，無以言』。在古人眼裏，『詩』是用來表達『心聲』的重要手段。一個人的詩，若非發自肺腑，便不是心聲，即爲『失真』。而詩一旦『失真』，就難爲清流。馮健教授的詩，句句求『真』，充滿了真心、真意、真情、真趣，有一種天然的清新之氣，可謂清流。别的不説，能圍繞一百種花草樹木，寫成《花木百咏》，就絶非易事。這不僅要求詩人對自然界的花木有較强的觀察能力，能抓住其主要特徵并了解其生長習性，還得要求詩人寫出哲理、趣味和情感來，最好每首詩都能寫出妙句，若無長期的積累之功，是很難做到這一點的。以『水調歌頭』詞牌寫春、夏、秋、冬，以七絶寫梅、蘭、竹、菊，寫牡丹、荷花、紫藤等，『出新』的難度都不低，看似已被前人寫盡，但到了馮健教授這裏，却不見古人，見到的都是他自己，他自己的觀察，自己的領悟，自己的升華，自己的吟咏，這是十分難得的。

中國作家協會詩歌委員會副主任、中華詩詞學會原常務副會長　李文朝

馮健老弟的畫作極有詩意，用的是詩人之筆墨，而詩詞又多發自畫家之感想。知其『梅苑徽音』等書稿即將付梓，特以小詩一首相賀：

贈詩人書畫家馮健

詩意與君多有緣，硯池墨色總含烟。雀鳴軒裏畫梅竹，健步春風上筆端。

中華詩詞學會副會長兼秘書長　劉慶霖

馮健君誠明勤奮，詩書畫皆能，恪守傳統，本分地道。詩詞尤爲可觀，熟諳格律，駕輕就熟，得心應手，并時出新意，才情具見，迥出同儕。在如今科學昌明，人文相對式微的物化時代，不惟專業研究卓有成就，更注重温養心靈，兼擅藝術，實屬難得。

北京大學教授、博士生導師，北京大學書畫協會會長，中國書法家協會理事　張辛

馮健先生是北大城環學院教授，專業研究之外，多年來傾心于文藝創作，包括詩詞、書法、篆刻和繪畫等，無不用心盡力爲之，皆成就斐然。這裏衹就我略爲熟悉的詩詞方面，談幾句拜讀馮先生大作之後的心得體會。

古人云：詩言志；又云：詩緣情。縱覽馮先生詩詞創作，更印證了古語之誠不我欺。其作品多爲

即景即情之什，真情實感，毫無矯揉裝飾之態，這點特别可貴。馮先生作品中飽含的實感真情，又多能以意象出之，而且又多爲清新精警之意象，使人讀之始則眼前一亮，終則沁入心脾，歷久難忘。馮先生作品嚴格遵守詩詞格律，在煉字、煉句，尤其是煉意上下功夫很深，故絶不混同于打油、老幹之類時下俗體，但又能在千錘百煉後出之以自然，泯滅斧鑿痕迹，多數作品已臻化工境界。凡此種種，是我讀馮先生大作的一點感想，隨意書之，不成體統。

北京大學中文系教授、博士生導師　盧永璘

馮健是我的忘年良友，爲人樸實厚道且才華横溢。他除了在其專業上多有建樹外，對中國傳統文化涉獵頗深，詩書畫印都達到一定造詣。馮健的詩是多産的，他很善長寫和詩，説實在話，和詩是難寫的，它一方面受制于原詩的韵律，另一方面還得與原詩的内容、格調等相契合。他曾爲拙作《初游湯里》和過兩首詩，不但韵律中規中矩，且意境更高拙作一籌，兩首和詩將我們的湯里俊游描繪得有聲有色。愚痴長健棣數年，其正年富力强，衷心希望他在繼承和弘揚國粹方面永不停步、再進佳境。

北京大學教授、北京大學書畫研究會會長　張振國

詩書畫印，人稱『四絶』，衹有少數大天才下大功夫纔能達到，當代健在的人能達到此境者寥

寥，能二者、三者兼擅已屬不易。馮健的可貴之處在于，他有很好的藝術素養和文化修養，除了繪畫以外，在詩詞、書法和篆刻的創作上，也都自具面目，顯而易見，這些修養都對他的大寫意繪畫具有反哺作用。馮健作品中的藝術特點，既來自他的勤奮與個性，也來自他的認知高度。他不搞醜怪，不入俗套，不作假態，筆下的清氣、正氣、朝氣全從自己肺腑中來。

首都師範大學美術學院教授、原美術系系主任、中國美術家協會會員　踪岩夫

我與馮健賢弟雖然認識時間不長，見面次數也不多，但因爲共同的愛好，首次見面時就有一見如故之感。在此稱他爲賢弟，是因爲我要年長他近一輪，若論才學他遠勝于我，自稱爲兄，也是爲了增加自信，纔有勇氣對他的才藝略説一二。馮健賢弟不僅在本職工作上成績顯著、著作頗豐，還幼承家學，在中國歷代文人視爲最高藝術修養、潛心追求的詩、書、畫、印等中華優秀傳統文化方面也勤耕不輟，初具風範。縱觀古今，能將詩、書、畫、印熔爲一爐，各具特色、卓成大家者也是鳳毛麟角。馮健賢弟正值壯年，有如此成就，實屬難得。我相信祇要他持之以恒，假以時日，定能在中華優秀傳統文化領域闖出一片新天地，取得更加豐碩的成果。

中國楹聯學會常務副會長、中國楹聯學會書畫藝術委員會主任　蕭良平

題贈馮健

百花含笑入丹青，瑞鳥喳喳筆底鳴。逸句奔來如浪涌，小詩猶帶大唐風。

中華詩詞協會名譽主席、中華詩詞發展研究會名譽會長　李中華

如果說古代文人畫中的文人是指學有專長的知識精英，那麼北京大學青年地理學家馮健博士就是這樣一個詩書畫印兼通的文人。他的花鳥畫水墨淋灕，揮灑自如，全憑一念靈犀，徜徉于青藤、缶老、齊大之間。我因與馮君南溪是同行，又有同好，故曾有俚言記相見談藝之歡，曰『客訪葑溪論四絶，運斤意趣亦堪奇。而今南北稱雙溪，却道南溪是北溪』云云。

南京大學地理與海洋科學學院教授、博導，南京大學東方書畫藝術研究中心常務主持　張捷

江北馮健大雅，高才綺抱，教研之外，擅詩畫而開新境，累稿填篋，神思燦然。大什各篇，清峻雅音，神來之筆，欽挹何極！既無懈可擊，當留置籀誦。畫作心光所到，手筆差易，往往發千載之秘，迹董巨而邁元音，淹洽精神，獨開懷抱，或自不得不推爲絶業耳！私幸孤芳自寄，結契幽仄，蔚起而爲眼中之人也。

北京大學中文系教授、詩人　柳磬如

馮健兄是我國著名書法家馮亦吾先生的族侄，可以說自幼成長在一個翰墨家庭，幼承家學。及長，在繪畫方面又問學于金陵大寫意名家徐培晨教授和首都師大美術學院的踪岩夫教授，在榮寶齋畫院接受過多年的專業訓練。及至最近，我纔知道他在古體詩詞方面創作了體式衆多的作品。我雖在任教北大前曾長期供職于專業藝術研究和創作機構，見識過很多在某一個專業領域內取得很高成就的書畫界專業人士，但即便如此，也很少見過馮健兄這樣在多個領域中同時取得成就的通人。難能可貴的是，這些成績還都是在他的專業研究之餘取得的。因此，不能不令人對他刮目相看。

北京大學圖書館副館長、研究員、博士生導師，中國書法家協會理事　祝帥

馮健在詩歌方面所取得的成果讓我感到驚訝，他有時會發幾首新作給我欣賞，其中不乏一些『大部頭』作品，比如以『水調歌頭』詞牌寫春夏秋冬，還有《花木百咏》，前後寫了十幾年纔得以完成，想必一般人是難以做到的。他是寫詩的『快手』，在不同的場合經常有一些『口占』作品，詩才可謂敏捷。顯然，馮健在詩詞方面所表現出的才情，與他長年累月地對古典文學的學習是分不開的。對他而言，詩詞創作與繪畫創作相輔相成。我們觀賞他的畫，畫上每每有詩。他經常專門爲一幅畫寫首詩，也經常會用畫作來表現他詩作的意境。這樣做有一個妙處，那就是能吸引讀者深入揣摩他的畫作，在他所營造的空間中，讀者可以充分體驗詩書畫印之美。

中國書法家協會理事、黑龍江省書法家協會駐會副主席兼秘書長、西泠印社社員　胡志平

古人有云：世有學者，亦有才人。才人意出獨造，學者要在積累。往古迄今，或以學術顯，不知幾許輩也；或以才情橫出，亦不知幾許人也。既以學顯而兼擅于才情者，尤不知幾許人者也。數指當下左右諸君，惟吾友古沛馮健教授者是。

天津師範大學文學院教授　東方喬

馮健對古典詩詞很有造詣。如他吟《鷄冠花》一詩有『上陣若教穿鎧甲，征衣血染鬥嚴霜』句，把晚秋的鷄冠花喻爲征戰沙場的老將，與嚴霜拼出熱血，既歌頌詩人不懼艱難困苦的勇氣，又讓平常之物有了不一樣的情懷。以詩性入畫，是文人畫的傳統，但由于傳統文人的矜持，很顯然與當代文人的熱情奔放與自由舒展是有區别的，因此這也是我看待馮健的作品不一樣的地方。當我們解讀他的《水調歌頭　咏四君子和陳彦光依尤韵》這首詞時，會發現其藴含了多重美學價值……文人的責任感常常會變成一種憤懣，用抽象的形式表現出來，那就是『碾骨報春秋』的氣節。

文化部高級畫家、華南理工大學特聘教授、深圳市美協理事　燕敦儉

香如故　縱六十八厘米橫五十厘米　二〇二〇年　馮健繪

幽香指間存

縱兩厘米橫兩厘米　陳以蘇刻

出自馮健《蘭花四咏其二》

叢叢如撇斬塵根，綴玉清風捎雨痕。有意携琴操一曲，幽香却在指間存。

目録

目録

序

諸家評論

詞

詩

聯語

新詩

附録

綽約仙姿　縱一百三十六厘米橫六十八厘米　二〇一六年　馮健繪

半酒半茶半烟霞，半僧半俗半詩家

縱三厘米橫三厘米　陳以蘇刻

出自馮健《紫藤十三咏其八》

半酒半茶半烟霞，半僧半俗半詩家。一年此刻銷魂甚，静待流光付落花。

詞

行香子　賞劉夢筆先生花卉手卷

庚寅歲，余自金陵購得彭城老畫家劉夢筆先生花卉手卷，乃其少見之精品也。劉夢筆先生爲彭城名士，與吾家外祖父多有交往。余幼年時在外祖父家常賞劉先生畫作，故早年作畫受其影響。余曾邀三愚齋主人共賞此卷，歸後，其填《行香子》一首，用詞遣句，如入化境，一時無唱和思路。十年後，庚子夏，再讀斯作，生唱和之意，勉力爲之，仍難免東施效顰之嫌。

一片風光，一片靈光。待思量、伯季同藏。牡丹芍藥，自是難忘。更霧中影，花中妒，緑中黄。

俏也天香，清也天香。正吟觀、蝶舞蜂忙。筆酣墨暢，統領群芳。却手微停，心微懶，鬢微霜。

附：陳彥光《行香子　春秋花卉圖》

我弟卯子得劉夢筆先生春秋花草長卷，自臨摹一幅。圖上匯集春秋佳卉，有牡丹、芍藥、菊花以及芝、蘭諸草，妙處非文字可以言狀。卯子囑余屬辭以記之。午後與小兒散步于花木叢中，湊成『行香子』一曲，姑妄言之而已。

滿眼春光，滿眼秋光。把春秋、一卷收藏。奇花异卉，過目難忘。有牡丹紅、水仙緑、菊花黄。

晴也涵香，雨也涵香。笑蝶蜂、何處奔忙？除非青帝，誰管群芳！待支些風，給些露，派些霜。

浪淘沙令　金陵春游依南唐李後主韵

戊戌春，有金陵之行。游雨花臺公園，見修竹、紅梅，有感而作。

林外踏春寒，暖意蹣跚。竹風添做故人看。清影摇摇留墨迹，欲畫還難。辜負雪中觀，梅蕊凋殘。一時情緒在心端。却喚春光梅下飲，去也姗姗。

水調歌頭　咏四君子和陳彦光依尤韵

愛此君何甚？緣自百花愁。向來自負，獨在絹上逞風流。更喜雪霜風雨，散落籬邊老徑，野趣却難求。縱使無人賞，碾骨報春秋。

梅宜疏，菊宜瘦，蘭宜幽。蕭蕭竹影，摇曳夢裏幾時休？多少騷人高士，載酒騎驢造訪，倚醉隱名留。水墨無顔色，絢爛見颼飀。

附：陳彦光《水調歌頭　觀賞卯子四君子圖有感而作》

四季誰爲主？百草盡堪儔。青春得意，千媚萬艷鬥晴柔。待到惶惶風雨，但見紛紛塵土，綺夢一時收。此後竟何憶？此外亦何留？

蘭之清，竹之雅，菊之幽。疏梅映雪，月下佳趣最難求。造化神功巧運，空負人間翰墨，將欲寫還休。自有丹青手，墨韵出風流。

虞美人　擬古戲題

甲午歲闌，赴美國伊利諾伊大學做短期訪問，于思鄉之際，生淡淡憂傷，乃戲仿古人語。

孤蓬萬里文心近，夜夜聽春信。江邊曾繫一扁舟，怎料月明風細反生愁。重簾未掩相思暮，却嘆平生誤。應知慵懶未梳妝，暫把琴聲盡付鬢前霜。

臨江仙　和陳鎮先生

陳鎮先生乃鄧州詩詞名家。丙申歲，余于鄧州開展國家科技支撑計劃課題調研期間，曾于桑莊鎮文化辦公室見其詩集，驚嘆世間竟有如此高人，乃思見之。後在地方領導安排下，與陳先生有一面之緣，余曾作畫一幅相贈。歸後，先生填《臨江仙》以贈，余步韵和之。

詩老格高藏雅意，清新自在林泉。別離竟使墨花濺。倚霞[一]憑眺處，幽絕遠塵烟。畫就寒梅題未定，酒酣殘夜難眠。一枝聊寄舊春山。梧桐疏雨日，相約在燕園。

注：

[一] 倚霞：鄧州詩人陳鎮先生有詩集《倚霞集》。

附：陳鎮《臨江仙　看馮健教授墨香閣夜畫梅》

誰攝穰原風雅氣？化成上苑清泉。淋灕痛快墨相濺。臨池千萬縷，傲骨絕塵烟。

鶴子梅妻今未老，晶瑩雪兔難眠。燈前藍夢鎖巫山。應憐人滿閣，青眼看燕園。

水調歌頭　咏春和陳彥光

戊子暮春，彥光兄以新作《水調歌頭　日下青春》見贈。是作句句帶『春』字，句句言春，對春之刻畫可謂入木三分，佳作也。余有唱和之意，欲反其道而行之，全篇不着一『春』字亦句句言春。

可惜俗務繁忙，不堪應對，靈感轉瞬即逝。庚寅夏，與彦光兄談詩，又提及此事，兄多有鼓勵。歸後乃步其原韵，草就和篇，以助詩興也。

殘雪纔消盡，野徑入雲長。青青草色遥看，漸遠漸空蒼。又負驚雷乍響，俗事多推年後，轉眼柳梢黄。細雨輕輕過，新笋冠群芳。

嫩枝亂，鶯兒鬧，古渠旁。多情鴛鷺游戲，暖意進書囊。待到東風花放，燕子翩翩斜舞，滋味請君嘗。四季先爲主，清氣解愁腸。

附：陳彦光《水調歌頭　日下青春》

戊子清明前後，得信陽新茶。此時故鄉當爲『春城無處不飛花』時節，而北京却是『緑柳纔黄半未匀』。有感，戲作。

春夢落花遠，春起鳥聲長。年年辜負春意，春色又蒼蒼。何處詩家清景？湖畔千絲萬縷，春柳葉纔黄。春浪漲新緑，春草弄晴芳。

行春側，坐春畔，卧春旁。新詞欲寫未就，春雨透詩囊。近日春茶何在？沏起一杯如玉，春味趁鮮嘗。春氣沁脾肺，春水溉詩腸。

水調歌頭　咏秋

庚寅夏，曾與彥光兄唱和春詞，當時相約，他日再以秋、夏、冬爲題，凑成四季唱詞。近日詩興勃發，未等老兄大作，先自填水調歌頭，以作『詩引』，不工爲愧。昔日香菱學詩，如痴如醉，世人難解，余今與其相類也。

一夜秋風起，秋氣愈加凉。滿園秋色争艶，誤以是春光。但見鵲兒歡躍，丹柿斑斑點點，秋醉柳垂黄。最愛蘆花草，挺立拒秋霜。

立研墨，吟秋意，合收藏。秋詞賦就先讀，試欲解秋香。陶令悠然籬下，雁過聲聲留韵，秋味入仙鄉。莫道秋時晚，紅葉吐芬芳。

附：陳彥光《水調歌頭　戲和卯子『咏秋』詞》

西北動寒氣，風雨布新凉。蕭蕭落木無際，好一個秋光。待到萬山紅遍，看取百花遁迹，獨讓菊英黄。幾處老荷在，寂寞舞清霜。

嘆歸鴻，憐野鶴，此心藏。常尋湖月相照，桂子落天香。安得文章秋水，供我籬邊酌酒，一探醉中鄉。讀罷『咏秋』句，口齒若噙芳。

水調歌頭　冬雪和陳彥光

十年前余曾與彥光兄相約以水調歌頭詞牌，唱和春夏秋冬四季唱詞。《春》《秋》二詞早已寫就。壬辰春節，兄于信陽遇大雪，有陽關三叠之想，遂成《雪》篇。余數次欲和之，無奈雪已被前人寫盡，苦無思路，斷斷續續，一晃七年已逝。己亥年正月，春節假期過後，恰逢京降大雪，引發游子思鄉之念，遂成此稿，雖不佳，亦無奈，技止于此耳！寫畢不禁嘆曰：『一詞七年得之，斯道之難可知矣！』

一歲苦無雨，冬盡雪方來。小窗難掩思緒，窗外覓高材。竹翠調和雪白，更有寒鴉點綴，圖妙不須猜。池畔留無意，欣遇白梅開。

拎斗笠，理心境，上高臺。莽茫一色天地，裝盛委誰裁？嗟嘆鄉愁無盡，融進綿綿飛雪，千里故園栽。數載無佳句，今夜定徘徊。

附：陳彥光《水調歌頭　冬雪》

早起湖濱看雪，白絮飄揚回蕩，妙如音樂。古人將高雅之曲調命名爲《陽春》《白雪》，『良有以也』。歌如白雪，白雪如歌，因純而清，因正而雅。漫天雪花仿佛上天爲百卉千花所奏之樂章，清極而無聲，雅甚而無調，凡花俗柳不解其意，無力響應，衹有梅花迎風應雪而開。故梅是雪知音，雪爲梅伯樂。待到萬芳悟出天意時，已過一年矣。壬辰冬日。

萬里别春久，一歲喜寒來。園中草棘凋盡，松竹見高材。却看悠揚之雪，得似陽春之曲，曲意妙難猜：衆卉不能和，衹有一梅開。

踏寒石，循雪徑，上冰臺。不知雪容冰貌，玉潔爲誰裁？自古嶢嶢易缺，莫嘆皚皚易污，污極百花栽。提酒尋三友，今夜月徘徊。

水調歌頭　和陳彦光《夏日詞》

己亥初春，有成都之行，從成都返京途中，讀彦光兄大作有感，遂凑成數句以成和篇。春夏秋冬四季唱詞，歷時十餘年，今日備矣。然而難有佳句，奈何！

雨洗林蹊净，風細鳥啼忙。可憐新色滴翠，竹外已驕陽。日照碧波點點，波動荷香冉冉，幽韵滿陂塘。偶有魚兒戲，心動也微浪。

携玉笛，放孤棹，飲高粱。興來一曲三弄，勝却醒神湯。自古知音難覓，唯我高情不减，擎蓋覓清凉。今日荷花蕩，夢裏水天長。

附：陳彦光《水調歌頭　夏日》

戊戌年夏，回鄉偶作。

夜雨小橋斷，晨渡小舟忙。誰言夏日可畏？雨後愛朝陽。荷葉田田如蓋，烟柳依依如織，鷗燕戲池塘。牧子守芳草，漁笛起滄浪。

具鷄黍，邀舊友，煮黄粱。一壺冰酒加飯，飯後有茶湯。我醉欲眠客去，手倦抛書風至，高卧北窗凉。竹影一何静，午夢一何長！

破陣子　題恩師徐培晨先生猿猴畫作步陳彦光韵

恩師徐先生，以擅畫猿猴而聞名于世。辛卯歲，先生以畫集相贈，余邀陳公彦光與賈公理新二先生填詞贊之，遂得斯作也。

寫遍江南風物，真情真趣兼收。萬里巡回稱盛舉，面壁多年意境幽。分明一聖猴。

六法首推氣韵，畫中撇捺横勾。縱筆即成千百態，自在山林樂且俟。猿聲傳九州。

附：陳彦光《破陣子　應馮卯子健請題徐公培晨畫猴圖册》

野趣難形難狀，奇思誰放誰收？遥想仙山花果盛，最喜林泉景色幽。有人常畫猴。
落筆千姿百態，傳神兩點三勾。一寫已成一家墨，萬卷還輕萬户侯。大名揚九州。

附：賈理新《破陣子　應馮卯子健和陳彦光先生請題爰公畫集》

開卷宏深宏大，曠懷無斂無收。千萬猿形破壁出，吟嘯山林天地幽。奮髯攻一猴。
尋迹千丘萬壑，揮毫鐵畫銀勾。唯有丹青傳後世，青史誰知萬户侯？爰公耀九州。

釵頭鳳　傷懷

己亥，讀宋唐婉《釵頭鳳　世情薄》，有感，遂擬之。

今生路，憑誰訴，坐待日朝成日暮。蕩孤舟，任漂游。百般心事，萬種閑愁。囚，囚，囚。
尋天趣，將身度，竟逐風月謾争妒。志難酬，意當收。不求聞達，但頌殘秋。休，休，休。

婆娑竹影　縱一百三十二厘米橫五十七厘米　二〇一二年　馮健繪

竹風添做故人看

縱二厘米橫二厘米　陳以蘇刻

出自馮健《浪淘沙令　金陵春游步李後主韵》

戊戌春，有金陵之行。游雨花台公園，見修竹、紅梅，有感而作。

林外踏春寒，暖意蹣跚。竹風添做故人看。清影摇摇留墨迹，欲畫還難。

辜負雪中觀，梅蕊凋殘。一時情緒在心端。却喚春光梅下飲，去也姗姗。

詩

梅花步唐崔道融《梅花》韵

甲午歲，有美國訪學之行。歸途中，百無聊賴，讀宋陸游、唐婉之《釵頭鳳》和篇，又讀唐崔道融之五律《梅花》，于飛機上得句如此，步崔氏之韵也。

其一

畫境從來有，一枝心賞難。曲成香雪怨，春破薄衾寒。寂寂夢中語，殷殷月下看。但携紅酥手，歲歲慰冬殘。

其二

暖意遲遲到，南枝逸趣難。誰教春夢醒，妝妒小窗寒。細細香宜審，微微醉獨看。丹青憑妙手，揮寫御冬殘。

己亥夏燕山寫生歸來和柳磬如教授

己亥夏，榮寶齋畫院組織興隆縣寫生，余欣然前往，得畫稿十餘幅。歸後柳公磬如先生見贈五律一首，乃步韵和之。

夏過燕山北，景澄情亦真。開窗臨水遠，摇筆待雲深。村杳詩人意，茶濃隱者心。山家能解味，銷日歲常新。

附：柳磬如《讀江北馮公寫意》

盛夏燕山緊，馮公獨坐真。面軒蒲草長，依樹水雲深。久罷游仙咏，猶存涉境心。草庵容一榻，門外碧梧新。

己亥夏日應泉音先生邀同游黄崖關長城

己亥之夏，天津徐培晨藝術館畫展開幕，泉音李中華先生與余皆應邀赴津。泉音先生先到一日，邀余同游黄崖關長城，歸後得句。

縱情游山裏，夏日勝高秋。叢柏翠如滴，長龍蜿若虬。城隨雲迹遠，崖遇平湖收。攬勝今携手，千杯壯志酬。

題四君子圖　兼和陳彥光

壬辰秋，余作梅蘭竹菊四條屏并邀請彥光兄共賞。事後，兄作五律記之，余以此和之。

花木皆摇落，惜君能幾人？胸中存浩氣，筆下有芳春。畫簡多神趣，詩清見性真。四屏成一卷，卷内避囂塵。

附：陳彥光《霧霾天覽四君子圖有感戲作》

草木猶君子，人間更幾人？九州多穢氣[一]，十載少青春[二]。啓户天常暗[三]，澆愁酒不真[四]。梅蘭兼竹菊，何處避風塵！

注：

［一］穢氣：指環境污染。

［二］十載少青春：指生態破壞。

［三］天常暗：指霧霾。

［四］酒不真：指假貨横行。

咏四君子

疏枝多寂寞，月影伴佳人。楚澤留遺韵，幽園愛納新。翠雲清且雅，傲骨素兼真。千載柴桑後，詩魂有化身。

和陳鎮先生

鄧州陳鎮先生，詩詞格調高出時人，曾囑余書『無我』二字，可見先生作詩求『無我之境』也。丙申歲，余有鄧州之行，并與先生會晤。期間先生曾作五律一首相贈，余以此答之。

佳作鄉間遇，曾疑李杜回。時時高古見，處處清奇來。入境先無我，出塵真有才。相期多切磋，筆底走風雷。

附：陳鎮《歡迎馮健教授莅鄧》

遠客翩然至，臨風酒數杯。賦詩動耆宿，作畫見天魁。唯惜良宵短，難憐太守陪。別時約他日，更贈一枝梅。

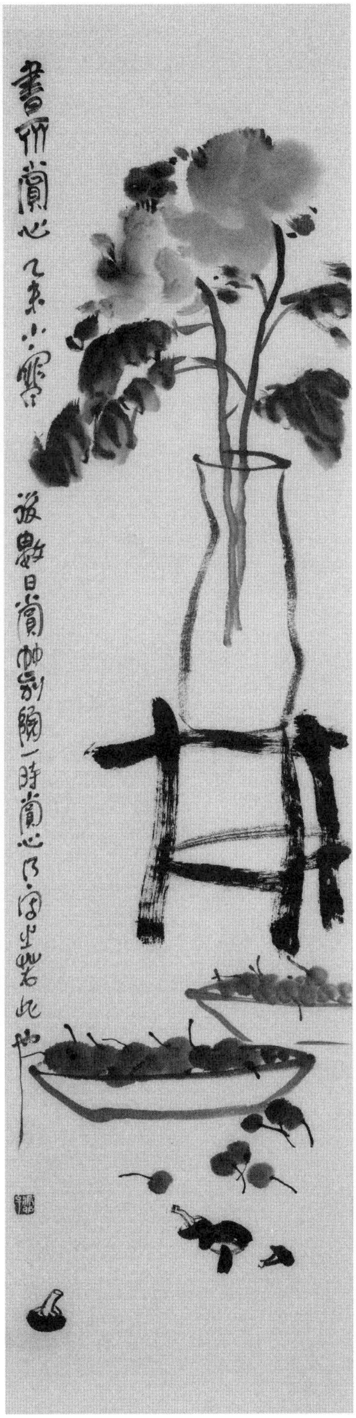

書齋賞心　縱一百三十六厘米橫三十四厘米　二〇一五年　馮健繪

一點春心入夢輕

縱三厘米橫三厘米　陳以蘇刻

出自馮健《海棠》

疏簾遙望自多情，一點春心入夢輕。尚祈東風憐軟玉，勿教花落美人驚。

永州之行和黃君先生兼與草書論壇學友諸君作別

丁酉春，中國書法家協會在永州舉辦『首届懷素草書論壇』，余有論文入選。得識參加論壇之全國學友，臨別前作此與諸君作別，兼步黃君先生韵。

我本凡夫子，詩情喜結緣。論壇求諍友，溪水洗塵顔。月落春江冷，風來笋味鮮。此番先別過，天遠任吟肩。

附：黃君《游浯溪後作借石柱上前人蔣善蘇題句以起興》

溪山留勝迹，文字結奇緣。留題夢遠祖，興頌拜元顔。篆引虬龍俊，春風柳葉鮮。文心千載會，家國在吾肩。

記燕園印社成立之紀念長卷創作

己亥小寒，燕園印社諸君于萬柳書院雅集并合作長卷，中途斷電，秉『燭』夜畫。後磬如教授至，其醉後作書，愈醉而書愈佳。是夜，天降大雪，磬如先成一律，余依韻和之。

快雪知人意，飄零見贄遺。聚英逢寶地，結社合天時。邀我燭前畫，酬君酒後詩。竹林留逸事，追慕莫嫌遲。

附：柳磬如詩

是夜中酒有跌。辱馮健社長之邀，囑狀新詩五律一首。磬如無才，不敢以和。是乃張辛先生韵，奉呈瀏陽周其鳳校長、湛廬先生永璘師、邢臺東方喬師兄、彭城王雲舒先生，有爲念也。

高咏從君得，孤懷與世遺。向來靈隱地，都异少年時。舟壑終疑幻，苓通并入詩。新年開徑望，衰步莫嫌遲。

庚子避疫

庚子春避疫簡居，聞日本捐贈中國疫區物資以詩句作題，又讀日本使者答里麻答大明皇帝詩，有感得韵。

疫情斯役苦，征陣賴賢人。异域共風月，同衣豈外臣？居深求簡静，懷遠盼鴻鱗。待到櫻花放，相傾玉瓮春。

附：答里麻［日本］答大明皇帝詩

國比中原國，人同上古人。衣冠唐制度，禮樂漢君臣。銀瓮儲清酒，金刀膾素鱗。年年二三月，桃李一般春。

送友人和陳彦光

庚辰秋，余與彦光兄同入燕園攻讀博士學位，日夕相處，詩酒風流。今兄將别燕園南下，作詩贈余，乃不揣鄙陋，步韵和之。

常恨交游晚，夕朝曾恃才。能詩堪稱雅，好酒不貪杯。秋盡憐時運，春明辨喜哀。惜君將遠去，他日且相陪。

附：陳彦光《庚辰將别馮卯子》

馮卯子健者，江東之俊杰也，深得吾師周一星先生賞識，吾亦甚愛之。卯子文采風流，學貫古今，書畫篆刻堪稱三絶。性尚古人風，有江南才子氣。灑脱好酒，常與余對酌，惜我無名士風骨，不能相陪襯也。余意將不日南下，草成此律，以爲將别寄語云云。

卯子真名士，逍遥别有才。生花曾夢筆，醉月樂增杯。藝術無今古，人情變喜哀。嗟余將遠適，何日約重陪？

口占五律贊金陵陳以蘇刻石

陳以蘇兄，乃金陵篆刻名手。余與之相交數載，知其刀下有鬼神之功。作此記之。

鋼刀猛似虎，唯見屑飛崩。有意揮椽筆，無心掌慧燈。雲舒[一]知處處，花落疊層層。身健神仙羡，烹茶醉友朋。

注：

[一]雲舒：篆刻家陳以蘇先生齋號曰雲舒軒。

京郊寫生記和靳志猛先生

庚子初夏，疫情尚未消盡，余携犬子有京西寫生之行，前後四次，得畫稿二十餘幅。畫稿曾發送古沛靳志猛先生一觀，先生以五律記之，乃和之。

夏初風雨少，游歷但吟懷。筆放真情至，詩酣快意來。村村風景异，處處性靈開。心醉難成册，任憑稱別才。

注：

靳先生原詩用中華新韵，和詩乃依之。

附：靳志猛《爲賦馮健君京郊寫景》

東風送暖意，出游獨曠懷。山野過客少，幽景撲面來。展紙染翰墨，靈扉頓然開。路人咸疑惑，誰識元濟才。

題贈靳志猛先生兼依其韵

余居京二十載，能交流詩畫者寡。後識吾古沛鄉賢靳志猛先生，多作微信交流，余恰若久旱逢甘霖，受教良多矣。先生擅二胡，每于書畫之餘，弄雅音以自娱，又常爲詩詞，補音律之不足。今歲春節後，靳先生曾有一詩相贈，今寫就和篇，以博一笑。

旱久盼甘露，雨長期放晴。暢談人未倦，吟對詩尤清。畫後得形意，書餘留雅聲。生花憑妙筆，携手繪繁英。

附：靳志猛《題贈馮健》

今日有興，贈馮健詩一首。苟能達情致，未論藝淺深。

燕園有馮卿，浩歌迎春風。讀書每沉鬱，論藝久未平。小雅驚早見，大器恨晚成。興來一揮翰，逸氣滿壁生。

湯里行和翁圖先生

戊戌正月，有湖南長沙及江西銅鼓之行。翁圖先生年近八十而童心未泯，于長沙湘江大橋上騎車如飛，吾等跑步跟隨，以防有失，先生則滿面春風，令人羨慕。後游銅鼓湯里，先生頓來詩意，作《初游湯里》，余步韵和之。

其一

暫别湘江去，逶迤山裏行。峰回雲霧後，身在畫圖中。好雨停仙境，巉岩奏水聲。感時殘月净，敲韵一風清。換景人移步，生花筆點睛。出新先述古，懷舊但吟空。涉世江湖遠，披蓑羨釣翁。

其二

晨起入山裏，彷佛仙境行。鳥鳴春澗外，魚戲淺塘中。霧薄結梅嶺，烟濃幻水聲。泉温能吐艷，詩淡自吟清。幾處閑題句，何人妙點睛？步雲觀碧野，得一覽晴空。俗世多紛擾，陶然效醉翁。

注：

翁圖先生原詩采用中華新韵，和詩乃依之。

附：翁圖《初游湯里》

久聞湯里名，今始桃源行。沐浴清風裏，漫步雲霧中。似聞神仙語，静聽溪水聲。花鳥兩相悦，水天一色清。翰墨增雅趣，宛如龍點睛。竹林雨山幽，亭臺禪心空。客來不思返，陶醉燕園翁！

觀胡志平人物寫生有感

庚子春，觀胡志平兄毛筆人物寫生，乃成此詩以贈，并就藝術話題聊作討論。

耕耘勞作苦，高品自艱辛。藝術何爲界？逍遥但寫真。興來揮妙筆，守志難分身。循舊權宜策，出新萬古春。梧桐栖彩鳳，江海度凡鱗。曲意知通處，直言不斂唇。昔觀速寫稿，今見東坡巾。硬筆多容量，軟毫須寫神。結言逞氣度，經世遇仁人。問道山川外，放舟湖澤濱。譬如孟母願，再擇鄉高鄰。不做依劉客，能爲席上珍。賞心并美景，樂事圖良辰。寧弃心頭痛，堅抽釜底薪。疾行心惚恍，悵望氣氛氲。但執如椽筆，泠然自出塵。

展讀《寫生册頁》有感

庚子仲春，有四次京西寫生之行。加之去歲所繪，合爲一册。每覽之，則感慨寫生之不易也。有感而發。

半冊兩年得，一觀雙泪流。人言未仿古，我嘆人多囚。記否借山老[一]，情濃意不收。槐堂雖領袖，推舉去繁憂。不料經拍賣[三]，賢名勝九秋。世人皆贊嘆，已忘當年由。另有石壺[四]者[二]，平湖獨蕩舟。古人不我見，我亦樂悠悠。專寫田園趣，鄉情粉本搜。至今識者寡，弊世竟無眸。江左葉村老[五]，清風筆意遒。竹枝呈瘦勁，花葉見深幽。自許無佳境，清音作卧游。生前無意著，身後盛名留。黃氏秋園老[六]，豪情亦未酬。銀行暫入職，平日無珍饈。畫有幽深意，遺人换錦裘。幸逢可染叟[七]，名重傳神州。青島張鵬老[八]，生花筆亦愁。學齊能出者，自是萬般優。更有投機客，千金買一猴。生前無際遇，死後衆悲羞。彭澤博吾老[九]，純真事苦修。沉雄通篆意，淡蕩係閎休。詩意傳風雨，畫功驚貴侯。當年無人重，今日却難求。我且自求我，權衡作運謀。世間尋識者，相遇話長籌。

注：

[一] 借山老：指齊白石。齊白石山水突出獨創性，以臨古爲耻，曾飽受保守派詬病。

[二] 槐堂：指陳師曾。

[三] 拍賣：指二〇一七年十二月齊白石《山水十二條屏》拍出九點三億元。

[四] 石壺：指陳子莊，爲四大『在野』畫家之一。

[五] 江左葉村老：指畫家黃葉村。

[六] 黃氏秋園老：指黃秋園，爲四大『在野』畫家之一。

[七] 可染叟：指李可染。

［八］青島張鵬老：指張鵬，爲四大『在野』畫家之一。
［九］彭澤博吾老：指陶博吾，爲四大『在野』畫家之一。

京東賞竹別院觀梅兼和陳彦光

其一

庭廊未掃已生苔，閑看東風細細來。花徑逢春春尚淺，園林觀竹竹初栽。梅紅知我殷勤意，茶緑迎君清爽杯。相約明年多種柳，柳蔭話舊盼春回。

其二

繁忙俗務有心塵，百日難能一日新。竹院多情留夜話，梅枝有意助芳春。露濃廊裏雨花少，花雨叢中濃露真。待到金秋菊放日，籬邊月下醉吾身。

附：陳彦光《京郊觀梅未開玩賞終日》

其一

庭前石徑欲生苔，閑踏晴風得得來。花啓朱唇因我笑，柳垂青眼向誰開！茶餘籬畔栽新竹，棋罷亭邊看小梅。願與鄰翁相對飲，無人共舉手中杯。

其二

京華何處避霾塵？今日來斯景色新。賞竹院邊纔種竹，醉春亭裏已生春。紅梅慵懶偏撩客，白鳥殷勤竟背人。到此思量游物外，樽前見在惜吾身。

訪緑天庵

細雨濛濛陰勝晴，緑天庵裏别愁生。竹藏蕉葉寫人字，苔上石階迎水聲。自叙書成綺霞滿，千文吟就舊詞清。早生千載余常願，惜護濃蔭作小丁。

注：
永州懷素緑天庵舊址，植有芭蕉林，與古建築相映成趣。《自叙帖》《小草千字文》皆爲懷素傳世名帖。

燕園筆會抒懷和陳彦光教授

古傳詩畫本來同，喜看燕園續古風。詩裏傳情畫意遠，畫中寫意詩情豐。大才自許有宏志，小技豈徒吟鳥蟲？莫道人間多富貴，千年祇羨一漁翁。

附：陳彦光《燕園筆會有感》

觀賞燕園書畫筆會有感，南溪居士轉呈張辛教授指正。歌曰：

世易時移境不同，今時難得古時風。山中常恨黄鸝少，紙上空餘碧草豐。人有大才堪畫虎，我緣小技偶雕蟲。文章千古成何事？滿地江湖一老翁。

觀踪岩夫先生作品及用筆示範有感

庚寅大年初九，余携數十幅作品往首都師大之教工宿舍訪踪岩夫先生。先生曾任首都師大美術系之系主任，已七十三歲，係沛縣人氏，擅大寫意花鳥，亦作山水。其作品筆墨濃重老辣，用色大膽，有艷而不俗之效，達到大寫意花鳥之極高境界，當世達此境者全國不出數人。余自丙戌歲首訪先生，至今已去三次，先生每次都以同鄉之誼熱情相待，毫無名人架子，點評作品要害，分析名家筆墨妙處并現場示範，受益匪淺。此次，由于所帶作品較多，先生又逐幅甚至逐筆點評，故耗時較多，前後近四小時，而先生竟毫無倦色。余心多有不忍。先生現場示範畫荷花之用筆、用墨，又作紫藤一幅相贈。余自幼自學繪畫，至今已二十餘年，雖偶訪名家，亦難得其要領。自遇先生後，繪事頗有進境，此皆先生教導之功也。是日歸後，久久難以入眠，乃披衣坐起，吟成小詩，以呈先生。

翰墨結緣知宿因，及覩用筆竟傳神。黑團幾處驚心魄，彩色何曾步後塵[一]。畫卷暗藏書卷氣[二]，异鄉難掩故鄉親[三]。唯瞻仁者多長壽，爛漫新奇自率真。

注：

[一]黑團幾處驚心魄，彩色何曾步後塵：清石濤詩云『墨團團裏黑團團，黑墨叢中天地寬』。此二句亦爲余觀踪先生畫作之真情實感。先生之作品，用墨濃重，畫上總有幾筆黑墨驚心動魄，令人久久不忘。古人有『餘音繞梁』『三月不知肉味』之説，余觀先生畫作，方知此言不虛也，余曾數日不知食味，腦際總是浮現先生那幾筆濃重的黑墨。先生繪畫，用色亦有新意，雖濃艷却不落俗套，難得也。

[二]畫卷暗藏書卷氣：指踪先生以書法入畫法，引詩境入畫境，故其畫作超逸高妙。此次拜訪踪先生時，先生提及曾請老畫家崔子範先生講課，其講了半天，説出一個重要道理，即『畫家能寫出什麽樣的字，就會畫出什麽樣的畫』。此語甚爲高妙，以崔自己的方式詮釋了書畫同源。

[三]异鄉難掩故鄉親：余與踪岩夫先生係同鄉，皆爲江蘇沛縣人。

江西行

戊戌冬，隨湛廬盧永璘先生、磬如柳春蕊先生等有江西之行，因俗務繁忙而先行返京。後讀磬如大作有感乃成斯作，兼步其韵。

濂溪傳講理明之，却嘆文風非彼時。昔有三賢留勝迹，今行千里伴名師。心分兩處雄天下，意指八方臨路歧。久欲逃禪難解縛，歸來盡釋心中疑。

附：柳磬如《湛盧師九江學院講學感賦敬題一律》

文心捨此復何之，最是風和日麗時。兩海大通文益弊，三賢盡覆士無師。先生于世如維斗，賤子嘗從問路歧。安得雍容更趨侍，高談爲破萬重疑。

無題和老冉

癸巳歲秋，老冉燕敦儉先生自南國來京，停留數日，余陪之遍訪諸師友，甚難忘也。期間吾二人亦有争論，事後一笑釋然。先生贈余梅蘭竹菊四條屏，以爲念想。次年，聞先生深圳畫展即將開幕，乃作此詩寄贈。

秋盡别離多冷落，春來冬去柳青青。曾從文字知詩意，獨對梅蘭讀畫屏。争辯之餘真性見，笑談以後内心寧。遥思畫展開幕日，南國風傳德藝馨。

附：燕敦儉（老冉）《步馮健原韵》

滄海桑田日升落，回首來路入蕪青。人事匆匆本無意，鸞影漠漠如對屏。切磋京華真性見，談笑鵬城慰心寧。白駒冉冉促時日，相逢再温梅蘭馨。

庚子夏題贈老冉

庚子夏，余以新作畫集寄贈老冉燕敦儉先生。先生在微信朋友圈曰：『馮健，吾師弟也。北大博導，科學與文化雙修學者，吾有幸爲其畫册作小文。何爲文人畫？讀馮健教授畫作可味之。元代王冕曾有名句曰：祇留清氣滿乾坤。文人之品曰清，文人之畫曰清，非清字何留芳數百千年矣，吾當退而讓之！』余讀後大驚。燕先生與余同爲沛人，又同爲徐培晨教授門下弟子。從沛籍畫家口中，余知其性高潔，恃才傲物，尋常人物難入其法眼。人生一世，知者難遇。老冉係知我者也！白石翁云：『人生一技固不易，而知者尤難。』又刻『知己有恩』印。古人爲報知者，寧摔琴而終身不復彈之。余何德何能，能勞先生高看一眼？惟有克勤克勉，再進一步，方不負先生所望！因成小詩一首，寄贈。

疫病無端今復發，詩書將欲寄知游。大文不厭百回讀，小畫難能一點優。清逸流芳君莫退，拙誠傳世我曾憂。知音古已摔琴斷，唯有恭勤誓不休。

附：燕敦儉《步馮健原韻》

同出師門讓烏髮，藝道共酬可樂游。詩笥有寄常頌讀，畫稿才情可效優。斜對南海看潮退，別無人前况世憂。當年狂歌絲弦斷，彈鋏勝計用未休。

賀《老鳳雛聲墨迹選》出版

庚子夏，周其鳳校長《老鳳雛聲：周其鳳墨迹選》在榮寶齋出版社出版，以此詩記之。

功成恰若履山川，文樸風華無絆牽。一册典傳先啓後，萬言書畢却瞻前。雅聲誰解托桐意，清迹君循負局仙。憂世炎凉風景异，蒼茫獨立嘆流年。

夏日閑居

鬧市閑居退念生，卧游山水筆勤耕。清泉入岫風尤静，明月穿林霧更輕。爲覓知音托翰墨，盡將心事付瑶箏。俗情無奈幽情少，高逸還留後世評。

題柳溪牧童圖

己丑白露，犬子馮柳溪（乳名牧童）出生。此後，余遍請所識之書畫名家繪《柳溪牧童圖》，吾師踪岩夫先生亦繪之。後邀彦光兄觀之，余先成詩一首，抛磚引玉，期待兄之和篇也。

柳繞村橋送爽風，近山遠岫有無中。一溪温潤添佳色，兩岸葱蘢對碧空。浴水每能尋舊夢，戲蝶却助探新叢。初觀已使游人醉，短笛聲聲羡牧童。

附：陳彦光《依卯子韵題踪岩夫先生柳溪春牧圖》

期盼既久，卯子喜得踪岩夫先生《柳溪春牧圖》，賦詩命和。畫中景物已爲卯子寫盡，實無可置筆。品賞詩畫半日，遂由遠及近，自實至虚，草成一律。圍棋、燕子、桃花云云皆虚擬，不如此不足以成章。見笑。

遥山十里出溟濛，誰寫溪聲入畫中？緑柳垂絲風淡淡，春牛試浴水融融。圍棋有約游踪遠，牧笛無腔俗慮空。安得小舟來此境，桃源須覓落花紅。

七律贈賈理新先生

江岸結廬[一]用意真，寥寥數筆却通神。舊藏書舊書藏舊[二]，新理詩新詩理新。就簡[三]竟能傳氣象，稱雄[四]不誤咏芳春。曾聞先輩凡多變，愈變愈奇情愈淳。

注：

［一］江岸結廬：賈理新先生齋號曰『逸江廬』，後于金陵長江北岸購置住宅，可謂名符其實。

［二］舊藏書舊書藏舊：指賈先生案頭的多本畫册，均已翻舊用舊，可見其用功之深，而余之類似畫册多藏之書櫃，面目仍新，與其相比，余不免汗顔。

［三］就簡：賈理新先生推崇鄭板橋的『删繁就簡三秋樹』詩句，曾委托余求印家肖春光先生爲其治『就簡三秋樹』壓角印。

［四］稱雄：賈先生畫風雄奇，曾讓肖春光先生治『大野雄風』一印。

附：賈理新《七律和馮卯子》

南下拜師情意真，揮毫吟唱自通神。譜圖讀破書藏舊，硯碇磨殘墨出新。人備高才大氣象，花含濃艷重芳春。高清玉宇雁來往，吟醉黄花味也淳。

和三愚齋主人

同窗之誼未相忘，無奈謀生日日忙。原忖職稱安小我，却逢改革［一］守殘香。縱横心結成餘事，瀟灑塵懷重感傷。着意重修地理卷，山河信手著文章。

雪烟風霜系列（四幅） 縱一百三十六厘米横十七厘米 二〇一八年 馮健繪

山野素妝

縱二厘米横二厘米　陳以蘇刻

出自馮健《蘭花》

一叢幽碧一叢芳，山野從來重素妝。玉影澄心香益遠，風來深谷羨春長。

注：

［一］却逢改革：指北京大學職稱評審改革，自二〇一七年始全部實行『新體制』職稱評審制度，老體制副教授需先評新體制副教授（衹給一次機會），再評新體制教授。新體制副教授和新體制教授的評審全部采用國際評審制，對英文論文的要求提高了數倍。

附：陳彥光《答友人兼自嘲》

近日欣賞卯子書法，益發長進，『竊』來數幅。下午卯子感嘆無人作詩，乃索詩。因有感，返家路上湊成一律。

昔年詩酒未能忘，鎮日匆匆爲底忙？足下高情終勝我，手中翰墨正流香。窮形究數難成事，憶舊懷新易感傷。若使重開山水卷，還看吾弟著文章。

鄉村幽居答彥光兄

壬午初秋，彥光兄以余齋號『邀月小樓』及『大樹草堂』成句，曰『小樓有意邀明月，大樹無端蔭草堂』。余少年時好酒，因慕李太白，『邀月』二字取自其詩句；加之余之書齋位于彭城獅子山下，二層小樓之上遥向西望便可覽山巔明月，故每有望月、邀月之好。嘗自號『大樹將軍後裔』，齋號『大樹草堂』，均係心存追慕祖先之念（馮氏族譜名曰『大樹堂』）。久居他鄉，夢裏常回故鄉清幽之境，因成此詩，以表心境。詩曰：

白鷺雙雙渡野塘，炊烟一縷過高楊。小樓幾度邀明月，大樹長年伴草堂。有酒但教花濺泪，無詩且看雁成行。清幽自樂琴書畫，鄉野幽居雅意長。

賀胡兆量老師八十大壽兼和陳彦光

壬辰之冬，逢胡兆量先生八十大壽，彦光兄先寫一詩，余依其韵和就一首并書于扇面，呈與先生。十數年前，余曾求學于金陵，後受北京大學胡兆量教授、周一星教授、楊吾揚教授、陳傳康教授、蔡運龍教授等先生影響，决心游學燕園，當面聆聽各位先生之教誨。余博士畢業後，留校任教，多有機會向胡先生請教，先生待我亦如己出，常將别人所送之禮物慷慨相贈，于學術上亦多有提携之舉，余與彦光兄均深受先生恩惠。先生之概括能力超凡，課堂教學講究趣味性，善用漫畫，口才亦佳。曾任城市與環境學系之系主任達十年之久，退休後專攻文化地理，新著不斷，在學術界享有盛譽。

京華游學爲親炙，共事多年感惠慈。概括文風詞翰見，漫談趣味課堂知。新書問世傳聲譽，妙語連珠洗肺脾。今賀先生逢傘壽，期頤再度謝恩師。

附：陳彥光《獻胡兆量老師》

淮水南濱曾仰望，京城一謁感賢慈。才高已自書中見，名大須從海外知。語似春風拂我面，文如秋水沁人脾。他年更與後生說：國有至人胡老師！

大學畢業二十周年同窗聚會重訪隨園有感步潘殿平韻

時光一逝二十年，舊夢曾來百萬千。笑語遠聞倩影後，慈顏近睹酒樽前。苔痕巧入畫中畫，柳隙難藏天外天。游罷隨園多喟嘆，青春已逝夜無眠。

附：潘殿平《重逢南師》

夢思魂繞許多年，汗衣沾塵路八千。花徑未苞樞蔽日，苔痕枯葉鋪階前。笑顏粉衣招蜂妒，亭長樓高閣指天。重訪西山觀六舍[一]，擁杯抱盞席前眠。

注：

[一] 六舍：即當年于南京師大求學時所住之學生宿舍。

己亥題贈周其鳳校長

己亥歲闌，逢北大周其鳳校長榮休之際，衆人自發爲校長慶。歸後作此律記之，兼和柳磬如教授。

一家風骨氣豐强，從未身將世兩忘。可見情懷成慨憶，獨憑書院攬晴光。重巒眼底有真我，萬象尊前盡偉量。自此松風常入耳，驕陽過後又重陽。

附：柳磬如詩

北京大學瀏陽周其鳳校長榮休祝福晚宴，適有敖英放書記、系友詩人黄怒波先生、郎泳淳君、俞孔堅教授在焉，囑余酒後賦。柳郎才盡，差强一律，酬答諸君，拱手祝福，新年吉祥。

先生作健喜猶强，賤子將歸兩不忘。百歲共期周柱下，一時争仰魯靈光。聊持東海任公釣，行坐山陰北叟量。有盡蒼生居易在，春來清夢又朝陽。

燕園印社成立兼和柳磬如

藝壇盛舉仰諸公，科技人文何限封？自古多能成一事，而今專擅少高峰。無違大道多歧路，有賦雕蟲隔九重。小技人傳稱古意，静生虚白破鴻蒙。

附：柳磬如《北京大學燕園印社今日將成立馮公囑詩以記》

博聞今日得諸公，洗眼看山雪未封。夢逐游車回下澤，心期茅屋與孤峰。天光夜半生虚白，世事雲羅隔萬重。果有春秋元不涉，漫勞雲將問鴻蒙。

燕園印社成立有感

湖畔雲開臘月天，喜逢結社得奇緣。印從書出含機趣，畫由詩成涌洌泉。自有豪情傳尺素，亦將心事付吟箋。故人今日再携手，文藻風流續雅篇。

印社諸君創作長卷有感

己亥歲闌，印社諸君携手製成長卷，和諧氣氛，歷久難忘。歸後曾戲擬一聯，嵌入印社理事會（燕園印社十友）諸君名字。今擴而成詩，亦戲作也。嵌名如下：第三句武弘麟、陳新，第四句孫德王東輝。

利，第五句範愛文、柳馨如，第六句竹壺馮健（竹亦諧音祝）、祝帥、張岩、郭志全、

書印詩聯稱盛作，功成但見晚霞飛。弘量忘我求新我，大德容非諫昨非。詩酒吐文如石磬，竹岩托志攬天輝。流光空有韶華恨，餘隙時時滿載歸。

庚子咏千字文

庚子春，以隸書書千字文冊頁，剩餘二頁，乃成此詩以補空矣。三句指周興嗣一夜撰文，四句指智永寫千字文八百本，五句指懷素草書千字文，六句指宋徽宗瘦金書千字文，七句指趙孟頫六體千字文。

散落人間字字稀，化機讀罷悟天機。韵來夜盡髮鬚白，筆退冢成文法徵。庵結綠天蕉葉展，書呈瘦體彩雲飛。山明松雪遥觀後，掩卷唏嘘醉不歸。

冬雪懷友人

庚辰初冬，天降瑞雪，燕園皆白，乃有詩興，遂成此律，惜彦光兄未至，不能小酌。

久慕古人詩酒緣，梅花窗月笑談間。知音琴斷隨流水，入世情交酬舊年。對月聊吟詩喻畫，把樽曾賦巇成關。燕園一夜初冬雪，詩就抒懷不覺寒。

附：陳彦光《和馮卯子冬雪韵》

庚辰冬初雪，卯子來雅興，賦詩一首，勉强和之。

一晤京師自有緣，交游誰似與君間。高情共賞詩書畫，快意常忘日月年。俗世謾誇多壯志，人生須度幾難關？可憐辜負初冬雪，賦就和篇始覺寒。

洛陽春游和陳彦光

辛巳春，與彦光兄同游洛陽賞牡丹。見千年之古樹，歸後畫風亦爲之一變。

東都千里覓相知，夢裏河山似近之。富貴人間君莫羨，清高一世我何痴？花開花謝留無意，人去人還會有時。玉宇高寒愁定至，長如春雨細如絲。

附：陳彦光《洛陽牡丹節》

卯子健，江南才子也。工書畫，喜琴棋，間或飲酒賦詩，有名士風度。因畫牡丹，卯子意欲洛陽游。辛巳季春，携其往故東都一行。時逢『牡丹花會』尾聲，天偶下小雨，但收獲不菲。卯子雅興高，索詩詞，遂草成章句，不求『奇文共欣賞』，聊博一哂耳。

其一

洛陽有卉宇中知，携我同窗一探之。豫北風光存古韵，江南才子是情痴。丹青欲寫胭脂色，宴賞何須爛熳時。可惜天公無雅趣，吟成偏遇雨絲絲。

其二

曾共東君約此期，人間一晤慰相思。時衰未使高情減，春暮誰教大器遲？伊水有靈鍾秀氣，彩霞無計幻仙姿。從今更訂蓬萊約，會向瑶山憶此時。

白馬寺

辛巳三月，與友人陳彦光同游洛陽白馬寺，觀賞牡丹，憶余家故園之鳳丹白，有感，乃作此以記之。

古寺深深藏玉葩，小園半畝種烟霞。恍如西子隨風舞，醉似楊妃伴月斜。新憶固難除舊憶，我家怎好比君家？至今尚念初栽日，常繪人間富貴花。

乙亥游廬山騁懷（依詞林正韵）

昔聞廬岳甲天下，欣遇清秋銷客魂。白鹿院前瞻大雅，紫霄峰頂弄閑雲。林風遍拂月如舊，湖月輕吟風若新。把酒淩烟有一問，仙人洞豈無仙人？

梅花詩四首

辛卯冬，與彦光兄約寫梅花詩。數日後，兄即以詩人、韵人、高逸人、佳人爲綫索成四絶句，雖曰『仿古』，却在古人之外另開佳境。吾兄爲高雅飽學之士，有此佳作當在意料之中。余本山野村夫，雖染指翰墨，却難窺堂奥。近年托名學詩，亦多蒙諸師友指點，方有寸進。思索再三，乃在雅人以外，將幼年所見之酒徒、村姑、游子、釣客等寫入梅花詩中，意在不與人同，得山野之趣也。

酒徒篇

酤酒鄰村過板橋，月光如水水迢迢。一枝横逸忽先變，詩意幽香順水漂。

村姑篇

鄰家傳信有梅花，農舍清幽境不差。風雪滿天尋足迹，村姑無意攏窗紗。

游子篇

詩滿行囊酒滿船，歸心一夜到階前。老梅失約竟先放，與雪貪歡舞態翩。

釣客篇

獨坐孤舟釣雪江，茫茫寒色景無雙。野梅對岸清馨發，歸後詩香透北窗。

附：陳彥光《仿古梅花詩四首》

吾弟馮卯子健，當今高雅之士也，與余約寫梅花詩。久居都城，難遇瑞雪，更無緣得見梅花。爲『望梅止渴』故，近讀古人梅花詩，前人高情雅韵激發思古之幽懷，故作仿古梅花咏。清人張心齋《幽夢影》曰：『賞花宜對佳人，醉月宜對韵人，映雪宜對高人。』因以詩人、韵人、高逸人、佳人爲襯托，引經據典，成四絶句，紀念難得之天然風月梅花，詩曰：『身遠林泉愛古歌，十年日下漫蹉跎。而今試寫梅花句，詩意無多悔意多。』

擬梅花詩人——詩人須有驢

一夜寒風夢灞橋，朝尋驢迹路迢迢。欲教詩意清人骨，須對梅花映雪飄。

擬梅花韵人——韵人須有月

前村夜發兩三花，不許詩人一字差。若是我來深雪裏，定賒月色照窗紗。

擬梅花逸人——高逸人須有雪

月映千江繫客船，羅浮有夢到庭前。明朝定得冰霜句，門對梅花雪滿天。

擬梅花佳人——佳人須有風與花

一從釣客下寒江，便有紅顔句不雙。若得梅花銜綉閣，更憐風絮滿軒窗。

墨竹四題

晴竹

山麓無雲處處晴，閑來携友繞溪行。幽篁叢裏且長嘯，一路清吟到月明。

風竹

烟波摇蕩滿晴江，風掃柴扉竹打窗。縱筆豪情揮寫後，一莖舒展世無雙。

雪竹

颯颯風來雪滿天，山居客去夜無眠。竹林冰影晨光静，最愛一枝清且研。

雨竹

數竿青翠見高才，水墨留痕費剪裁。最喜秋酣風雨後，俗情滌盡雅懷來。

紫藤十三咏

其一

筆走龍蛇强布陣，珠光紫氣沁詩心。見君一面歸來後，夢裏時常苦苦吟。

其二

珠光寶氣時時見，雀語蜂聲處處聞。藤下讀書香陣陣，古琴撫罷又思君。

其三

筆墨官司豈足論，揮毫暢寫意長存。東方氣韵動天下，但以痴心鑄紫魂。

其四

漫天花雨尋春訊，春到人間草木知。離披老幹草書字，字字清奇見綺思。

其五

人間幾度少顏色，紫苑花開恰恰遲。最是一年春好處，蜂飛燕舞動情時。

其六

幹老花嬌姿態奇，依稀想見手栽時。風摶花雨香如故，一架藤蘿半架詩。

其七

遍尋名種費移栽，駘蕩春風遲未開。不是花中偏愛紫，焚香静待故人來。

其八

半酒半茶半烟霞，半僧半俗半詩家。一年此刻銷魂甚，静待流光付落花。

其九

東君一度落凡塵，勝却人間無數春。不愛紅妝偏愛紫，獨憐蜂蝶有栖身。

其十

幾處香風幾處雲，春來竹院醉薰薰。但有紫英傳佳訊，揮毫依舊思離群。

其十一

殘月微雲淡淡明，香爐烟轉好風輕。紫光不見紫魂在，先入夢鄉留一程。

其十二

春山處處是繁英，一路高情一路晴。鄉野不聞琴曲妙，暫將花落作琴聲。

其十三

林中小憩逢春半，不見春花見墨花。陣陣風來漸入夢，已將煩擾付殘霞。

梅花八咏

其一

不染人間半點塵，清風明月是前身。離魂竟羨羅浮夢，思切聊觀隴上春。

其二

偶尋春訊正逢時，風送春來步履遲。人到山中春尚早，梅花纔放兩三枝。

其三

報春當在最寒時，傳信吐香唯恐遲。春意無痕難覓處，東風早已過高枝。

其四

一枝初放在庭隅，月下疏香影不孤。對譜演棋無客至，但憑凉手執新壺。

其五

筆墨精神何處尋？梅花院落夜深沉。至今不肯隨俗衆，半寫春光半付琴。

其六

嚴妝新婦落天涯，身自輕盈影自斜。縱有心情難比擬，揮毫蘸雪寫梅花。

其七

扁舟獨棹訪梅花，月落江村遇酒家。溪水送來香縷縷，醉中獨賞一枝斜。

其八

寒夜酒逢知己少，清晨獨對一枝花。有花無雪差人意，衹把馨香作酒家。

蘭花四咏

其一

幽谷叢林自在生，清芬原本落紅成。山家無事溪邊坐，聽取香風和雅聲。

其二

叢叢如撇斬塵根，綴玉清風捎雨痕。有意攜琴操一曲，幽香却在指間存。

賞秋圖　縱五十厘米橫五十厘米　二〇一八年　馮健繪

一花一酒皆爲友

縱三厘米横三厘米　陳以蘇刻

出自馮健《菊花》

萬卷圖書萬古春，秋來却賴菊花真。一花一酒皆爲友，野趣閑情伴此身。

其三

天生姿態自雲根，春夢深深似有痕。一朵清芬纔捧出，胸中詩意已長存。

其四

一盆素艷玉魂姿，時有幽香入硯池。舊譜厭觀閑續譜，新詩不賦但敲詩。

竹子四咏

其一

月下幽姿移步看，紗窗粉壁細推求。外師造化生機重，胸臆傳情在運籌。

其二

婆娑竹影孕文才，萬葉千枝定減裁。隨意勾摹三五筆，輕風拂面紙中來。

其三

豪情身在白雲間，何故瀟湘有泪斑？寒碧娟娟生素節，一林幽韵護秋山。

其四

個字疊成片片天，瀟湘晴翠起雲烟。多情總愛青青竹，植遍園林緑水間。

菊花六咏

其一

半生勞頓爲知涯，把酒抒懷寫瘦花。醉眼矇矓且相問，寄人籬下怎無家？

其二

書山案牘苦無涯，唯慰秋來有菊花。昨夜籬邊獨酌醉，却稱不羨古人家。

其三

東籬三徑好秋光，吟誦新詩口口香。一自田園歸去後，幾多閑趣幾菲芳？

其四

忽來興致弄秋光，秋色秋聲入酒香。寫出烟霞金一片，秋香一度到仙鄉。

其五

殘枝野草意通神，老圃秋容亦率真。一旦黃花凋落後，世間何可避囂塵？

其六

老圃殘陽傍故家，籬邊逸放影橫斜。莫荒三徑勤耕種，飲露餐霜靠此花。

牡丹五咏

其一

綽約仙姿染緑塵，剪雲披露護芳春。摒除穠艷留清氣，移入詩圖作上賓。

其二

朝朝暮暮咏花神，怯怯痴痴有宿因。最愛故園風雨夜，揮毫幾度寫來真。

其三

春暮花開不覺遲，携琴探賞却無詩。姚黃魏紫真顏色，水墨寫成奇逸姿。

其四

幾多風雨幾多愁，日日書齋作卧游。無計出新添白髮，豪情滿紙世間留。

其五

一度一年行雅咏，半生半世寫花魂。俗情但羡花高貴，我以顛痴留墨痕。

荷花四咏

其一

碧池清影着新妝，浥露晨風擾夢鄉。多少銷魂垂釣客，歸來衣袖尚生香。

其二

夢醒誰教淡淡妝，和風露裏是家鄉。品高能屈觀音座，質潔猶餘細細香。

其三

碧池香韵一風輕，時有幽禽竊竊鳴。流水晨烟真有意，偏隨琴曲奏和聲。

其四

一池幽韵自生香，碧葉田田弄曉妝。輕露微風拂面過，尚疑身在水雲鄉。

花木百咏

梅花

玉蕊冰肌處處新，臨山近水遠凡塵。若非風雪橋邊過，失却人間第一春。

蘭花

一叢幽碧一叢芳，山野從來重素妝。玉影澄心香益遠，風來深谷羨春長。

竹子

種竹多年情愈深，秋風蕭瑟有龍吟。可憐多少湘妃泪，灑却人間鑒此心。

菊花

萬卷圖書萬古春，秋來却賴菊花真。一花一酒皆爲友，野趣閑情伴此身。

荷花

晨霧濛濛似夢中，平湖獨釣遇漁翁。行舟不顧秋來早，半采蓮花半采蓬。

葫蘆

見君已帶三分醉，稀落籬邊意自閑。救世定能裝苦藥，枕之酣睡却痴頑。

牡丹

書生意氣勝當年，墨寫風華酒助顛。寫到神魂顛倒處，枝枝葉葉有誰憐？

鷄冠花

一片痴情紅似火，此身却係老年身。但憑霜烈催宏志，半世豪情一世真。

葡萄

筆下明珠懸古藤，露霜爲質玉華凝。何時賣爾酤佳釀，寒舍清吟醉友朋。

紫藤

變幻蟠龍知篆意，嬌花自在送徽風。推門暗問春消息，紫韵春明意不窮。

老少年

既是少年何又老？老來意氣勝當年。非花却比秋花艷，傲拒寒霜一馬先。

牽牛花

藤蔓交加影半斜，竹籬村舍作鄰家。向陽開口芳心現，疑是天孫駕紫霞。

松

作伴梅林友竹叢，歲寒凋後更從容。何當欣遇千秋雪，一躍長吟化玉龍。

注：

此詩係與陳彥光唱和之作，步其原韵。陳彥光《咏松詩》原詩如下：『不并嬌花細柳叢，歲寒方得識真容。未曾破壁先栖鶴，一旦凌雲可駐龍。』

柏

歲老根深骨氣清，刀霜劍雨任枯榮。千枝萬葉攢青翠，翠綠叢中有雅聲。

石榴花

五月風來夜已晴，榴花如火照通明。今秋但使紅綃在，品果觀花醉五更。

月季

馥鬱芳香春不老，嬌容姿態四時新。柔枝何愛多芒刺？閨閣原無看護人。

蜀葵

點綴田園三五窠，槿花芙葉[一]兩蹉跎。可憐佳色傾城後，祇許君王夢綺羅[二]。

注：

［一］槿花芙葉：據《西墅雜記》，明代成化甲午年，日本使者來到中國，見欄前蜀葵花而不識，後題詩云：『花如木槿花相似，葉比芙蓉葉一般。五尺欄杆遮不盡，尚留一半與人看。』

［二］可憐佳色傾城後，祇許君王夢綺羅：這兩句借用蜀葵花神——漢武帝寵妃李夫人之典故。李夫人爲宮廷樂師李延年之妹。李延年爲之歌曰：『北方有佳人，絕世而獨立，一顧傾人城，再顧傾人國，傾城與傾國，佳人難再得。』李夫人因此歌而得識漢武帝，并頗受寵愛。後李夫人病重，卧床不起，漢武帝常去探望，夫人則始終背對武帝，勿讓其見病顔憔悴之狀。

芍藥

不計稱王抑拜相[一]，花開勝在有嘉期。粉妝初扮含烟秀，嬌態猶眠帶雨奇。

注：

［一］不計稱王抑拜相：民間有『牡丹爲王、芍藥爲相』之説。

芭蕉

緑影摇成新世界，芳心書就舊詩評。閑情看罷黄庭卷，静坐南窗數雨聲。

芙蓉

誤識芙蓉作牡丹，亭臺天氣已微寒。留連青女多情種，妝淡宜霜慰朽殘。

桂花

八月風高意氣遒，廣寒仙子倦仙游。今番多釀天香酒，散布人間换作秋。

蘆花

明月江邊獨繫舟，蘆花開遍舊灘頭。酒酣心事全拋却，圓月扁舟兩蕩悠。

楓葉

獨步秋山映碧空，朝凝霜露晚成風。畫屏蓊鬱真顔色，始信天公是染工。

梨花

梨花院落近黄昏，香雪飄摇淡墨痕。數朵迎風貪秀色，一枝帶雨掩柴門。

注：
此詩依唐劉方平《春怨》之原韵。原詩如下：『紗窗日落漸黃昏，金屋無人見泪痕。寂寞空庭春欲晚，梨花滿地不開門。』

秋海棠

新紅幾處作衣裳，夜夜晴來風送香。不共春花開放早，却隨秋氣補殘妝。

玉簪

誰家新婦落簪花？香滿庭堂月洗紗。半是梨花半是雪，幾疑身在白雲家。

紫薇

一日嫣紅百日新，夏妝照水勝繁春。容華不占東風早，絢爛叢中見率真。

海棠

疏簾遥望自多情，一點春心入夢輕。尚祈東風憐軟玉，勿教花落美人驚。

水仙

風轉凌波印玉痕，分明前世謫仙魂。綠雲追攝梨花月，點點芳心化宿根。

紅蓼

偶遇渡頭紅蓼花，翻風弄雨戲雲霞。可憐空有凌霜志，不見詩人贊物華。

三角梅

葉自精神花自柔，紅雲高過屋山頭。風吟滿院温香醉，今夜詩情收不收？

玉蘭

霓裳一樹影婆娑，雅意何時待嘯歌？玉殿晚妝初月冷，却嫌人世俗塵多。

石榴果

秋風八月寂寥生，庭下石榴已長成。有意留情增秋色，嚴霜不懼放新晴。

綉球

錦簇花團白玉開，芳情獨賞上高臺。素顏但許春容改，小飲難能盡興杯。

梧桐花

夜半風停天氣新，梧桐花放南溪濱。鳳凰未至鵲先噪，誤把夏中當早春。

桃花

桃花渡裏桃花開，花影尋常頻點苔。最惱春風無信用，不教詩意久徘徊。

荔枝

荔枝熟透滿山紅，絶代天姿烟雨中。雪骨膚腴香霧遠，至今羡煞東坡公。

枇杷

不識雪中有此花，來年方曉是枇杷。空山雨洗涓涓浄，一樹黄金映晚霞。

丁香

二月風傳彩信飛，繁花入夢悄思歸。丁香千結終難解，可嘆人間有是非。

迎春

弱條翠蔓千般嫩，自在金英絢爛開。縱使迎春春尚早，得春獨遜一枝梅。

紫荆

莫嫌無味花蕊小，取勝全憑連理枝。且爲繁春添紫韵，但逢烟雨見奇姿。

木槿

夏日無花愁緒多，偶逢木槿舞婆娑。動情最是關情處，玉影風華入咏歌。

柳

最愛三春河岸柳，寒烟輕漫自然詩。恨無神助凌雲筆，筆筆寫成輕妙姿。

杏花

梅花過後杏花白，笑倚春風自在開。山麓無人尋酒肆，杏花村裏醉回回。

吊蘭

同屬蘭名命不同，一爲賤種一柔紅。子孫簇簇生無限，自有風流占古風。

天竺子

龍宮新采珊瑚珠，雪後扶風影不孤。最喜湖邊石作友，但憑妙筆配成圖。

冬青

四季無言伴五風，緑魂誰解在寞叢。清夷從不賴顔色，萬物風情自不同。

連翹

晚逢霞纈朝合晨，自在心情顔色新。齊聚南坡金甲現，時人誤識作迎春。

梔子花

烟過疏林月撫紗，農家消夏話桑麻。階前花放無人察，却道香芬非自家。

萱草

萱草傳言可忘憂，古來識得幾多愁。此生閲盡愁滋味，暫托浮生到白頭。

燈籠花

連枝高聳挂金鐘，夢醒微寒承露濃。風起似聞鐘吕響，聲聲入耳去繁重。

杜鵑花

杜鵑花放遍山紅，管領東風汗馬功。尋蹤子規無影迹，誰教血染鬼神工？

美人梅

春賞花姿夏賞葉，嬌容婉婉未嫌遲。春風撫遍尖尖葉，微蹙佳人一點眉。

榆葉梅

梅花過後此花開，繁盛亦從凡艷來。豐韵流連知雅意，誰言綃幕無新裁？

紫葉李

一身紅紫氣氤氳，夏晚林深帶夕曛。樹下不知蹊徑在，竟疑霞照抹微雲。

美人蕉

夜送風來總不休，心隨葉展自風流。欲窺月下美人面，一點朱唇人見羞。

鳶尾

偶見蝶兒穿卷簾，翩翩飛上草叢尖。欲尋不忍驚春夢，但寫莊生付尺縑。

馬藺

相識全憑一念中，微風影動意無窮。可憐三月花期短，辜負人間造化功。

薔薇

初夏薔薇獨妍芳，一墻紅韵映池塘。晚風有意吹不到，暫讓馨香伴盛妝。

佛手

秋盡閑情日日晴，書齋清供此心明。一盆聖手增肅穆，佛法無邊度衆生。

緑蘿

雨洗蘿衣步履輕，湘雲翠動自盈盈。相思未必憑顏色，滿目青葱凝遠情。

君子蘭

觀君如見真君子，儀態端莊有蕙心。倘使世間皆若此，自然一諾勝千金。

李花

杏花飛落李花開，寂寂東風上酒臺。不是珍珠便是雪，幾疑醉眼滿皚皚。

大麗花

散落籬邊顏色新，風情別韵亦傳神。拒霜不落秋菊後，酣暢之餘意態醇。

裊蘿

娉娉裊裊上東籬，點點星星布九枝。莫道花開形狀小，紅雲昵語繫情思。

蘭雖似草秀而馨　縱一百厘米橫五十五厘米　二〇一七年　馮健繪

南窗數雨

縱二厘米横二厘米　陳以蘇刻

出自馮健《芭蕉》

緑影摇成新世界，芳心書就舊詩評。閑情看罷黄庭卷，静坐南窗數雨聲。

珍珠梅

開時三月春風來，點點繁星頗費猜。最喜晴空朗月照，對星邀月好貪杯。

菖蒲

文海幽情一事無，山泉伴我弄菖蒲。清寒滿案承翠軟，從此書齋影不孤。

向日葵

朝逢寒露晚迎霞，日日朝陽影攲斜。待到秋酣籽粒滿，腹實何必倚金紗？

荼蘼花

春夢已無花事盡，傷心却見緑籬開。繁華終有衰落日，獨步此時稱別材。

綉球花

滿地瓊瑶知此花，嬌容帶雨洗新芽。團團簇簇真顏色，淡淡幽幽祇謾誇。

槐花

春歸三月漫吁嗟，恍見東君垂素紗。香溢暗隨詩性起，風情已到衆人家。

桃子

本來不是人間物，偷自瑶池萬古傳。葉碧果紅真畫意，揮毫但祝九千年。

臘梅

質本潔來姿本清，小園夜夜放新晴。幽香滿院月光冷，一曲心聲付玉筝。

玫瑰

薔薇月季皆爲友，氣韵夏花無此魁。但願佳人簪戴久，餘香定可唤春回。

格桑花

常見高原小野花，多情异趣織雲霞。傍依農舍隨風舞，始悟神州處處家。

薰衣草

伊犁河畔夢魂飛，香遠情濃踏紫衣。水色山光閑眺望，晚風輕拂幾人歸？

二月蘭

二月花期日日新，緑楊坡岸古河濱。莫嫌游客踏青早，紫韵閑花處處真。

金銀花

鴛鴦藤上綻奇花，黄白參差迎晚霞。深淺香薰隨意散，金銀滿架入農家。

含羞草

含情脉脉本嬌羞，獨守幽園無所求。可惜秋風不解意，時時誤把逸情收。

石竹

點綴園林石徑旁，此君真意勝嚴妝。孤芳斜倚輕輕點，一節一枝幽夢長。

一串紅

串串秋情串串紅，一般顔色萬般同。真情自有真心在，點點紅心頌晚風。

黄菖蒲

蝶影翩翩落岸邊，風華絶世有誰憐？扁舟獨棹蘆花蕩，菖蒲叢中且醉眠。

鳳仙花

缶廬[一]筆下尋常見，白石[二]畫中多出奇。閑看女兒塗指甲，香紅嫩緑兩相宜。

注：

［一］缶廬：指清代畫家吴昌碩。

［二］白石：指畫家齊白石。

凌霄

如椽神筆走龍蛇，籬落稀稀隱故家。依附能懷高遠志，孤高先染半天霞。

劍麻

一叢劍陣一叢山，難料人生過幾關。若得花開白似玉，始知威厲護嬌顔。

荷包牡丹

牡丹叢裏見奇枝，點點荷包裝滿思。願乞詩家浪漫筆，依依寫出女兒痴。

仙客來

但見彩衣仙子舞，不知人世許多愁。風來幾度催秋老，賞盡花期意未休。

山茶花

歲寒堪比一枝梅，寂寞階前自在開。粉白纔添數點雪，朦朧春意幾時回？

紫羅蘭

不着華衣着淡雅，清新不見紫雲愁。繁星點點亦成夢，一入詩中夢不休。

鬱金香

濃烈花情絶世姿，氣量葱鬱惹神思。春光但許晴方好，正是思君坐飲時。

茉莉花

花期從未與人同，白袖緑裙韵不窮。陣陣香雲風拂拂，茫茫夜色月朦朦。

萬年青

家國情懷喻萬年，萬年[一]遥祝壽無邊。青青一色古今理，永葆常恒亦大賢。

注：

［一］萬年：齊白石曾以萬年青爲題材繪《祖國萬歲》，表達對祖國長治久安之祝願。

曇花

人言一現嘉期短，我嘆高華世上無。月下瓊宮仙子舞，此花觀後夢魂孤。

康乃馨

温馨一語送金箴，長使詩人沉醉吟。一束怡情呈几案，幽香滿室見春心。

蝴蝶蘭

蝴蝶紛紛飛上苑，人間怎有此奇葩？熏風暖意春長在，惹得詩人惜妙華。

太陽花[一]

朵朵繁花向太陽，珍華初扮淡容妝。平凡亦有神奇處，子子孫孫歲月長。

注：

［一］太陽花：太陽花俗名『死不了』，可扦插繁殖，極耐乾旱，具有頑强的生命力。

鐵綫蓮

鄰家一見夢魂牽，妙手誰裁一品蓮？鐵綫[一]縱横成古意，柴門稀落惹人憐。

注：

［一］鐵綫：篆書裏有『鐵綫篆』，綫條細而有骨力。

醉蝶

西園搖曳獨生姿，欲覽風流尚悔遲。花不醉人人自醉，蝶兒飛上斷魂枝。

虞美人

飄零身世幾沉浮？可嘆君王志未酬[一]。縱有相思千載恨，詩情今夜亦難收。

注：

［一］君王志未酬：指項羽。

百合花

風華絶世展仙姿，長待英雄擷取時。含露從風能偃仰，孤芳忘我此心知。

己丑續古聯而成詩

己丑之夏，妻有孕在身。一日，妻邀余胎教，余欣然從命。妻曰：請誦梅花詩一首。乃誦王荆公詩曰：墻角數枝梅，凌寒獨自開。遥知不是雪，爲有暗香來。妻曰：請誦古詩『梅花香自苦寒來』。

對曰：此乃古聯，非古詩也。妻又曰：請嵌入此句，成一古詩。余略加思索，隨口吟成。雖急就章，未料意境尚可。詩云：

梅花香自苦寒來，歲歲年年獨自開。雪壓霜欺渾不怕，一枝長在畫中栽。

題方嘉雯同學人文地理學作業

辛卯之冬，閱方嘉雯同學人文地理學作業，乃口占一絶，以作鼓勵。

清蔭花木細培栽，玉璞精雕量體裁。不料嘉文初試筆，幾疑筆下過天才。

題松山圖

庚寅年，余觀徐州畫家李漢德作山水，乃當場爲之賦此詩。

雲海蒼山染碧空，幽幽曲徑入深叢。長亭十里無人迹，不誤神游探古風。

題畫鷄冠花

披紛老筆繪秋光，蓑草紅纓意味長。上陣若教穿鎧甲，征衣血染鬥嚴霜。

題畫三角梅

戊戌秋，游北海古街，見各家店鋪前均植三角梅，紅霞滿天，异常壯觀。歸後難忘此景，乃爲之寫生。

葉子花[一]開滿架紅，霞雲初展映晴空。此中定有丹青手，不信春風信雅風。

注：

[一] 葉子花：三角梅又名葉子花，屬于南方植物。

題畫大麗花

吾師蹤岩夫先生擅畫大麗花，每繪秋景，則于架下籬邊添一二朵大麗花，紅艷奪目，有秋色醉人之感。

檐下籬邊開正艷，恰逢黃菊作高鄰。無君雖羨秋光好，君放秋光纔醉人。

七絶贈恩師踪岩夫先生

廿載揮毫人笑痴，此中得失寸心知。花園得遇新晴後，野草閑情竟入詩。

七絶題畫

衹疑松動要來扶[一]，醉後觀秋草木枯。不料秋風别有意，輕輕吹動舊詩圖。

注：

[一] 衹疑松動要來扶：借用辛弃疾詞。

咏梅花題贈恩師周一星教授

壬辰之冬，奉院系領導之命，爲恩師周一星先生整理簡介材料，標題定爲『冷香横逸雪中枝』。

事後，湊成四句，題贈先生。

天寒鑄就鐵身姿，雖老騁懷尤未遲。一夜狂風吹過後，冷香横逸雪中枝。

附：陳彥光《奉和馮卯子咏梅贊周老師》

其一

莫道園中草没姿，高標獨許歲寒時。陽春山上逢白雪，横出東風第一枝。

其二

陽和心性雪霜姿，最喜山花爛漫時。喚起城中桃李杏，却隨松竹隱高枝。

賀『彥池墨影』書畫展開幕

表姨劉琳玉女士，好書畫，勤用功，與諸同好于天津舉辦書畫聯展，畫展開幕之日前往道賀，于途中成此詩以贈之。

硯池倩影定書痴，歷雪經霜花放時。不是寒冬風透骨，斷無香逸續成詩。

賞梅記事和陳彥光

京東賞竹別院爲余書畫創作基地，曾花費萬金從保定梅園移植老梅樹四棵，有豐後、淡豐後、武藏野等品種，春季花放，甚爲壯觀。彥光兄爲竹院春季賞梅之常客也。

其一

不惜千金買老梅，春回祇爲一枝開。而今訂下詩酒約，明歲花期君再來。

其二

庭前初植老梅花，枝自疏慵影自斜。尤喜夜晴獨放日，詩香花夢到山家。

附：陳彥光《新栽梅樹記事》

其一

郊外亭邊數樹梅，東風寂寂爲誰開？清風明月相期會，祇待人閑到此來。

其二

千金一擲買梅花，衹爲疏枝映月斜。明歲青春纔訂約，寒香先已到詩家。

游永州浯溪碑林步黄君曾慶恩二先生韵

其一

久聞湘水浪滔滔，一見摩崖始覺高。聖手誰援點睛筆？春風溪上羡風騷。

其二

清溪一度入江滔，攬勝峿臺意自高。不到昔人憑吊處，但聽春水訴風騷。

其三

湘江東去水滔滔，踏遍石階情愈高。屋漏錐沙何處覓？千年崖壁説風騷。

其四

大千有序自淪滔，文脉傳承立意高。踪迹銷魂今尚在，古賢不見見風騷。

附：黄君《即興一首》

湘江依舊水滔滔，壁立摩崖聖壽高。華夏中興千載夢，三吾字字刻風騷。

附：曾慶恩《步黄君師韵浯溪訪碑有感》

浯溪清水接湘滔，謁訪前賢詩興高。千年翰墨香猶在，盛世中興再賦騷。

附：黄君《晨起見諸君和詩原韵奉答》

群賢文筆喜滔滔，詩賦中興國運高。共上峿臺當一嘯，窊尊堪對楚人騷。

口占七絶一首再和黄君先生

文思恰似水滔滔，雖係書家詩興高。柳子廟前今又會，千文讀罷唱離騷。

秋林偶興三首

戊戌歲國慶節假期期間，作《秋林山水圖》數幅，爲配題畫詩三首。

其一

遼闊江天萬里晴，平林盡染晨風輕。偶提畫筆寫詩意，秋色斑斕鴉鵲驚。

其二

水光霜影秋風微，林壑雲霞送落暉。最愛紅妝能盡染，操琴行樂不須歸。

其三

橘緑橙黃五色斑，緣何遺落在人間。一年此刻關情甚，但見人間處處閑。

口占一絶贈周之穗先生

之穗先生，吾之摯友也。其性尚平淡，落落有古人風。甲午歲杪，邀其來燕園一聚，爲其繪墨牡丹圖并題此詩。

褪盡繁華亦是春，蕭蕭散散做閑人。若非笑對人間事，焉得清澄自在身？

口占一絶贈張立夫婦

友人張立，某日于微信朋友圈曬出與其新女友十指相扣之照片，并言可惜不會作詩，否則定作詩記之。余見而樂之，并口占一詩相贈。

十指相纏見此心，無邊歲月幸逢君。從今更訂百年約，相伴餘生日日新。

口占一絶答王守民先生

永州分別竟三年，再見風流勝早先。昨夜暢談無倦意，歸來情韻化詩箋。

附：王守民《己亥春燕園夜歸》

燕園逢君正三月，向晚見卿茶未歇。此去經年何日還？相坐同觀窗前葉。

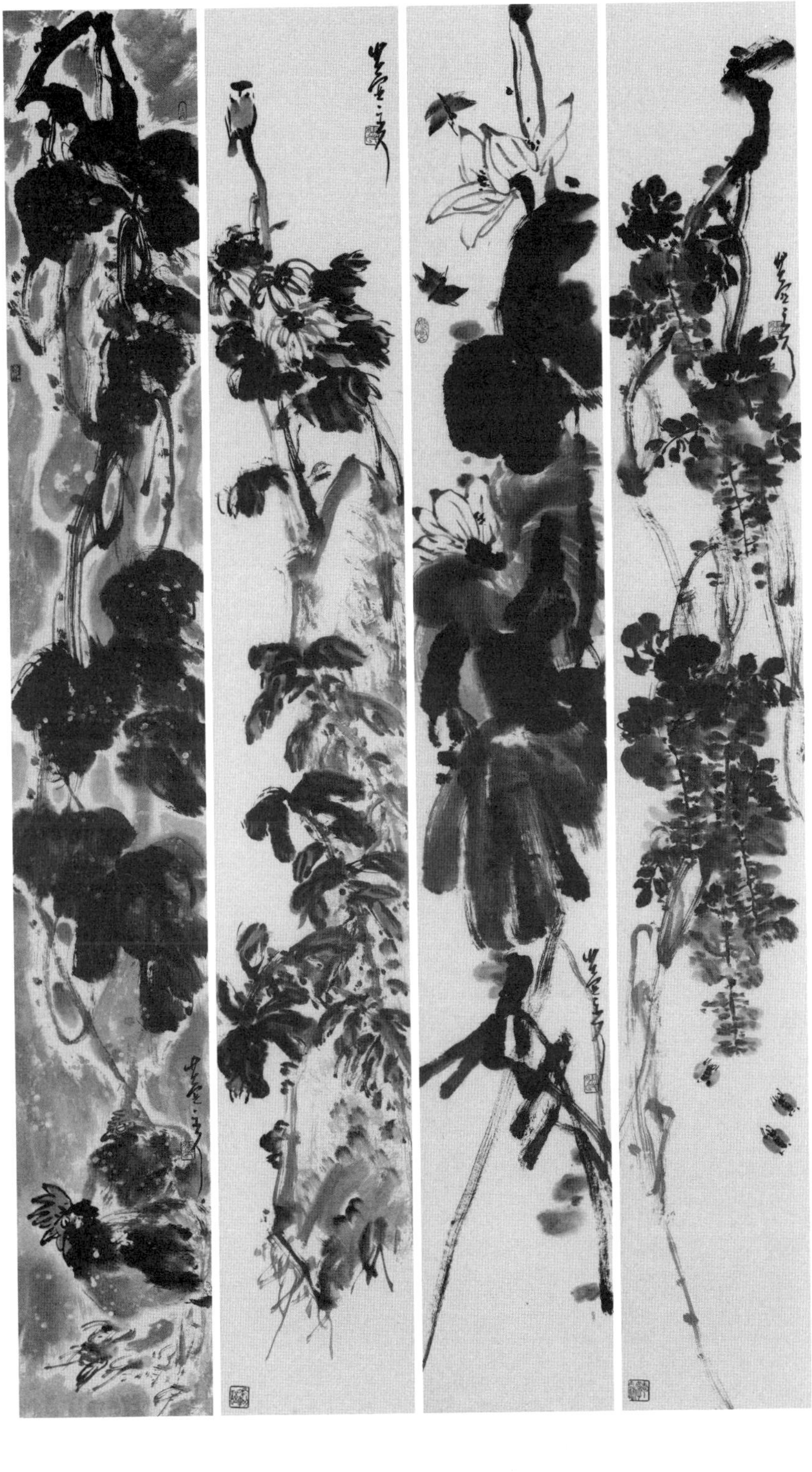

四季花卉系列（四幅） 縱一百八十厘米橫二十二點五厘米 二〇二〇年 馮健繪

醉中獨賞一枝斜

縱三厘米橫三厘米　陳以蘇刻

出自馮健《梅花八咏其七》

扁舟獨棹訪梅花，月落江村遇酒家。溪水送來香縷縷，醉中獨賞一枝斜。

鄭州書法論壇題贈吕麗軍兄

戊戌秋，于鄭州高等書法教育論壇結識太原師院書法系教師吕麗軍兄，臨别未及當面告别，乃于賓館留言，不想誤書『鄭州』爲『洛陽』。翌日戲題一絶爲贈。

誤識鄭州爲洛陽，匆匆一别歸途長。書壇携手尋新路，且把花鄉作夢鄉。

京津四人聯展暨研討會有感和陳雲君先生

戊戌暮春，天津榮寶齋舉辦盧永璘、東方喬、柳春蕊與余四人書畫聯展暨作品研討會，天津詩詞學會主席陳雲君先生賦詩一首，乃依韵和之。

津門聯袂趁東風，得遇群英落筆紅。雅意入懷還入夢，但憑一夢晤仙公。

附：陳雲君《永璘兄等四位學者書畫展觀後口占七絶敬賀》

宣武城南借好風，榴花悟道筆端紅。京津社結春華夢，舊攀重賡仰列公。

讀古書戲作

近日讀到古書中記載的一則有趣故事。唐代詩人李涉過皖口之西，遇到一個賊船，船上有十餘人，手拿兵器，衝李涉之船喊道：『什麽人的船？』李涉的侍從回答道：『李涉博士的船。』賊船首領曰：『若是李涉，聞詩名已久，但希一篇，金帛非敢取也。』李涉則馬上贈詩一首：『暮雨蕭蕭江上村，緑林豪客夜知聞。相逢不用相回避，世上于今半是君。』賊船歡喜而去。

讀之忍俊不禁。妙在李涉不僅才思敏捷，還借機諷世。此詩的後兩句十分有趣，相信賊人一定喜歡，『相逢不用相回避』表明李涉願意把『緑林豪客』當作朋友，『世上于今半是君』是對他們的變相贊美。不管怎麽説，李涉在整個過程中表現得不卑不亢。其實，余愛此詩最重要的原因在于，古時的盗賊竟然也有文氣，聽説是著名詩人的船，『金帛』也不敢要了，衹乞一首詩，真『豪客』也。

清代鄭板橋曾模仿過此詩。一個被鄭板橋稱爲『書民二哥』的人一天晚上路過板橋家，强索其畫，且態度『横甚』。板橋在畫上題詩誚之，詩曰：『細雨微風枝上村，緑林豪客暮敲門。相逢不用相回避，翠竹芝蘭畫幾盆。』并接着題道：『狂夫之言，怪迂妄發，公其棒我乎！』看來，二人交情甚深，橋板衹不過是借詩調笑罷了。讀至此，余亦步二公韵，和詩如下：

其一

誰言文緒遠江村，自有風流處處聞。同是天涯淪落客，何分豪杰與仁君。

其二

江南烟雨杏花村，十里摇船夜扣門。
未料相逢憑醉意，幽蘭幾筆入花盆。

咏梅花贈胡兆量先生兼和陳彦光

吾師胡兆量先生，曾任北京大學城市與環境學系系主任，爲一代地理名師。先生退休後，著書立説，出版專著、教材十數部，諸多教材一版再版，影響巨大。壬辰之冬，逢先生八十壽慶，彦光兄以紅梅喻先生之品格，成七絶一首。余以爲『紅梅之喻』甚爲恰當，遂步韵和之。

清影幽姿伴月光，老枝遒勁發新芳。
誰言寒夜無春色？雪舞梅花更帶香。

附：陳彦光《咏紅梅贊胡老師》

雪裏曾經映月光，春來猶發去年芳。
千紅萬紫争妍日，且看叢中有暗香。

七絶四首和恩師徐培晨先生

辛巳歲，余向恩師徐培晨先生正式行拜師禮，成爲行雲齋入室弟子。先生作《四君子圖》以贈，并題七絶一首，余依韵唱和，得七絶四首。

其一

未離閭里已知君，布褐濃髯羨煞人。長筆一枝如槍使，敢教藝苑焕新春。

其二

天下誰人不識君？千金散盡一仁人。萬竿清竹自留影，數點逸梅先報春。

其三

廿載相交始拜君，徐門立志作傳人。自當日日常揮寫，不辨夢中秋與春。

其四

臨池洗硯長伺君，立雪原爲快活人。新笋雨晴多矯壯，一朝破土報三春。

附：徐培晨《七絶贈馮卯子》

吾門又增翰墨君，藝海泛舟有來人。相勉相長共切磋，丹青不老四時春。

七絶四首贈恩師培晨先生兼和彥光兄

其一

意匠新篇難謀求，易元吉後一人猴。閑時自得山林趣，不羡神仙不拜侯。

其二

詩情畫意尤難盡，托物擬人靈境開。縱使仙山成一夢，藍圖能自夢中來？

其三

畫蘭好似强堆雪，寫竹恰如勤養蜂。蘭竹古來難續譜，先生放筆却從容。

其四

追覓猿踪苦自知，若非仙聖亦頑痴。此間定有好身手，造化生機是我師。

附：陳彥光《七絶閲徐公培晨畫猴圖册有感戲題》

其一

奇妙丹青何處求？世人都道沛人猴。若教猴體加冠帶，誤作當年萬户侯。

其二（剥白居易《大林寺桃花》）

野生動物消磨盡，到處人間宅第開。常恨猴藏無覓所，不知轉入畫中來。

其三

抒情愛寫梅間雪，從俗還題馬上蜂。品味高低皆有得，蜂輕梅逸各從容。

其四

大聖英名天下知，應憐徐老是猴痴。世間若有傲來國，我薦先生爲太師。

七絶四首贈賈理新先生和三餘齋主人

其一

造型手段太神奇，粉黛不施心亦怡。半卷根源千卷畫，一家出自萬家詩。

其二

毫端新竹色清嘉，原用詩情做畫家。竹下偶添菊數朵，東籬香逸是心花。

其三

清風不愛愛狂風，瀟灑全憑揮掃中。法度終難超意趣，意從法裏顯神功。

其四

新詩名畫兩相扶，誰料百花榮與枯？一畫一詩留諷咏，一詩一畫配成圖。

附：陳彦光《七絶賈公理新逸江廬畫贊》

其一

一般翰墨萬般奇，大寫長吟意自怡。都道古人詩有畫，賈公却以畫爲詩。

其二

淋灕酣暢復清嘉，五色調和自一家。彩筆不知何處得，當年應是夢生花。

其三

今人畫有古人風，更把新風融此中。厚積薄收知妙理，博觀約取見真功。

其四（逸江廬主人擬作詩配百花圖）

名花也要大師扶，花入丹青便不枯。欲識東風別有面，他年看取百花圖。

附：賈理新《七絕和陳彥光馮健教授》

其一

春花百態各神奇，醉賞芳園情自怡。寫到動魂玄妙處，丹青高簡應如詩。

其二

引詩入畫味清嘉，詩畫從來是一家。夜讀三餘傳彩筆，揮毫吟唱頓生花。

其三

荷鄉十里蕩幽風，常伴釣徒微雨中。數載得來三五筆，請君笑納無真功。

其四

芳林花葉兩相扶，不取繁榮不取枯。願做西風門下客，删繁就簡繪成圖。

七絶四首和陳彥光教授

其一

畫興高情談笑間，此心不負好河山。少時亦有凌雲志，揮筆何曾一日閑？

其二

痴迷翰墨有淵源，馮氏家傳非妄言。面壁十年圖破壁，今番能否繼前番？

其三

峰回路轉情難轉，水到渠成功自成。作畫從來憑興致，墨田筆潤好躬耕。

其四

地理行中稱畫者，畫家通理亦丹青。詩情賴有遐情助，踏遍山川寫秀靈。

附：陳彦光《七絶馮卯子詩畫贊》

其一

身在紅塵利禄間，心隨猿鳥入深山。時常寫出天然趣，不許風花久得閑。

其二

師從造化有心源，豈必學詩方可言！不是畫詩圖合璧，衹緣功力要翻番。

其三

讀書萬卷心無惑，退筆千枝事有成。不爲聲名纔作畫，心田得雨自勤耕。

其四

本愛城鄉通地理，更親花鳥寫丹青。一心兩用誠難得，始信人中有性靈。

題畫

荷香幽遠，清韵徐來。胸中逸氣，筆下風雷。

題畫

石有萬年壽，蘭傳千載春。壺中度日月，修得百年身。

七絶戲題靳志猛先生晨妝圖

四時凋落盼陽春，初試晨妝尚未勻。夢裏不知郎已去，醒來猶念夢中人。

戊戌竹溪山房小聚記事

戊戌八月，雲舒、磬如、南溪會于琉璃廠之竹溪山房，談古論今，品茗賞畫，所謂偷得浮生半日閑，不知不覺間，已日落西山矣。晚宴爲韓國烤肉，雲舒出珍藏十餘載之茅台佳釀待客。磬如酩酊大醉，擊缶而歌，歌聲慷慨激越，久久回環，令人不知肉味。餐後復至山房，觀雲舒所藏龔賢之八尺山水條幅，頓覺静穆渾厚，烟霞滿室。磬如書興頓生，以『竹溪山房』爲題，瞬間書成數紙。書畢，恨其不佳，乃揉作一團，皆弃于簍中。翌日，雲舒取其佳者，展觀再三，不忍弃之，乃改作竹石圖，渾然天成，外人難知其中緣由，因命南溪記之。南溪嘆曰：『書畫爲世間靈物，存續與否，斷乎天意歟！』事後余以詩記之，詩云：

竹溪山麓古街東，自有風光避世同。昨夜興來書數紙，不知醉裏破鴻蒙。

治印有感

己亥春，晨起向夏宇兄請教篆刻，作此感懷。

天地蒼茫一色間，由繮信馬路途艱。縱然自信一身膽，却賴賢兄助此關。

題贈魏廣君

己亥夏至大連魏廣君弟寄來櫻桃一箱，又以詩見贈，乃作此答之。

櫻桃雖小情無價，長共此心千里移。昨日信中稱絶品，今晨餘興但臨池。

附：魏廣君詩

小小櫻桃傳心意，夏至紅果始南移。吾兄稱道喻絕品，不爲金玉換蟬笛。

題贈柳雲青風

青風青竹細吟來，句句清奇妙剪裁。自古鬚眉無此境，閨中始信有人才。

己亥記事兼呈張社教胡正好二先生

己亥春杪張社教先生來京，余邀其與胡正好先生同聚，席間論及懷素《自叙帖》真僞，二兄不乏高論。社教先生研究懷素多年，有《懷素及其草書研究》一書問世。正好先生爲當世大草名家，對懷素草書技法深有研究，二公一重理論，一重實踐。二人同聚，亦難得也。翌日晨起，草成此詩以記之。

燕園三月柳花飛，搖筆扶雲盡翠微。自叙他言難定論，雲烟滿紙見心扉。

己亥初夏送别胡正好先生兼用其韵

書家胡正好先生來燕園訪問一年，余却于其訪期結束時纔識先生。先生歸期將至，余心悵然，依依難捨。衹得怪罪永明丁兄，何不早作介紹，以免今日之憾。

書生意氣遠江湖，筆吐豪情意趣殊。豈奈相逢纔數日，依依不忍送歸途。

附：胡正好《燕園論書答馮健兄》

己亥四月初四，立夏後二日，尋將歸渝，馮健兄見招，相聚乾縣張兄社教于燕園，論懷素草書，意氣浩浩，灼見時出。馮兄有詩相贈，因和以答之。

落花已過未名湖，談笑風雲意氣殊。醉素張顛如對坐，他年遥憶論書圖。

七絶贈張社教先生

己亥社教先生自乾縣來訪，短暫交流，臨别作此以贈。

鴻雁傳書一念中，感君千里送徽風。文章自古盡心力，得失何勞造化功？

打油詩種竹小記

北方種竹實堪傷，歲歲栽來歲歲荒。早料多年難放緑，買來芍藥賞芬芳。

注：

前兩句爲泛若逸舟所作，末二句爲余補成，口頭戲作也。

七絶和泉音先生

己亥，余有大型中國畫作品集兩部，即將于人民美術出版社出版。欲請泉音先生點評一二，先生贈詩一首，乃依韵和之。

文房餘事弄丹青，涓淺塵微若雀鳴。偶識泉音知絶妙，倚雲故里借醺風[一]。

注：

[一]倚雲故里借醺風：余與泉音李中華先生皆爲江蘇沛縣人，鄉人好唱漢高祖《大風歌》。

附：李中華（泉音）《題馮健花鳥集》

百花含笑入丹青，瑞鳥喳喳筆底鳴。逸句奔來如浪涌，小詩猶帶大唐風。

己亥贈松庵

己亥盛夏邀松庵楊天才先生燕園一聚，酒後暢游未名湖，歸後得句。

湖山向晚氣氤氳，竹和松風[一]粲齒芬。最解詩情留戀處，又逢文會恰微醺。

注：

[一] 竹和松風：楊天才先生號松庵，余號竹壺，故曰『竹和松風』。

附：楊天才《和燕園馮健》

己亥盛夏燕園訪馮健先生，酒後暢游未名湖，馮兄即興吟之，余依韵和之。

未名湖畔紫光凝，夜色行吟摭翠芬。教授詩情真况味，京華縱論藝猶醺。

元旦日答胡正好兄

己亥元旦，胡正好兄從重慶寄詩，依韵答之。

一年又遇苦寒冬，可嘆文窮近淺庸。志趣不隨華髮改，浮踪處處更從容。

附：胡正好《二〇二〇年元旦自况并呈馮兄》

承平日久意疏慵，不覺今年又暮冬。白髮憑添如雪至，風華幾處可尋踪。

己亥冬題贈夏湘平先生

夏湘平先生，爲京城老一輩書法家，二十世紀八十年代便已名滿天下。余少年時代曾臨習先生隸書字帖，初曉隸書之趣。近年購得先生作品數件及新書數部，知平淡天真、人書俱老之境，先生得之矣，遂生拜訪之意。己亥夏，有機緣拜會先生，并做采訪。先生年過九旬，滿面紅光，行動若孩童般可愛，令人驚羡。相談數小時，先生無倦色，遂有感，當場作此詩贈之。

筆端瑰麗滿天霞，境由情生自立家。最是尋常窮妙旨，抒懷通會綻心花。

己亥冬磬如教授招飲以詩記之

己亥冬，天降大雪，磬如教授雪後招飲，乃口占一絶以助興致。

冬月京城白雪飛，圍爐滿座鴨丁肥。閑情縱論尋常事，一飲能教兩頰緋。

己亥初秋戲題兼答彦光兄

我有竹壺君有杯，年年賞竹弄紅梅。茶酣猶念歲寒志，不覺春風已唤回。

荷風　縱五十厘米橫四十八厘米　二〇一六年　馮健繪

衣袖生香

縱二厘米橫二厘米　陳以蘇刻

出自馮健《荷花四咏其一》

碧池清影着新妝，浥露晨風擾夢鄉。多少銷魂垂釣客，歸來衣袖尚生香。

夜雪感懷和柳磬如

其一

書院群英薈萃，雪前松竹空庭。任君酒後揮灑，共我詩中多情。

其二

芙蓉雖曰娉婷，夜雪亦將放晴。莫若閑情入夢，醒來禪意分明。

附：柳磬如詩《醉後戲題》

其一

江北馮公囑飲，祝君春雪前庭。許乘酒也三尊，詩思梅館多情。

其二

芙蓉初日梅婷，綽約門生許晴。雪夜中宵恍惚，芳菲因坐分明。

庚子春書贈杏林居士張華先生

庚子春，積跬齋張華先生于彭城避疫，期間曾驅車赴雲龍湖畔玉帶橋旁散心，并發微信告知湖光清冷、游客稀少。乃口占一絶贈之。

清冷風光游客稀，雲龍湖畔解寒衣。詩情尚待疫情減，春意依隨玉帶飛。

題贈孫丹杰醫生

孫丹杰醫生欲赴鄂抗疫，應胡志平兄邀口占此詩贈之，以壯行色。

疫情一役動人心，舉國齊歌泪濕襟。自有豪俠稱妙手，逆行萬里送金針。

懷張正吟先生

張正吟先生爲古琴家，又係金陵寫意花鳥名手。余少時讀先生所撰《寫意花鳥畫技法》多有所悟，後赴金陵求學，可惜先生已逝，無緣一面。近讀《花鳥畫研究》之『張正吟藝術特刊』，知其爲弟子無私奉獻，對登門求畫者有求必應，更增敬佩之情，乃賦一絕以作懷想。

墨醇筆淡意深沉。觀畫恰如聆雅音。卷卷鳥蟲争躍出，泠泠修得慧明心。

庚子祭

庚子春，天降大雪，瘟疫未滅，諸多醫士殉職，又讀泛若逸舟女史詩作，傷懷再三，乃依韵成詩以祭忠烈。

其一

萬里悲情萬里征，銀裝一夜伴鴞鳴。傷心莫過哭無泪，泪灑江天祭枉横。

其二

雪落漢江風滿城，劫餘詩稿尚凄清。悲風縷縷祭忠烈，寒月遥遥盼太平。

附：泛若逸舟《七絶庚子雪後疫情有感》

庚子二月，疫情不減，忽一夜飛雪自北向南覆華夏大地，感念之，莫不是天地以飛雪作白衣，使萬物同戴孝而敬蒼靈乎？泪潸潸，故作此以寄情。

其一

千朵飛花萬里征，楚荆大地共悲鳴。蒼天若有垂憐意，莫使人間泪縱横。

其二

忽如一夜雪傾城，白素銀裝浮世清。是教人間同戴孝，祇爲蒼生鳴不平。

題乾隆御用銅鳳碗

庚子春，應逸石先生索題，咏乾隆御用銅鳳碗，兼用趙佳唯、賈理新諸先生韵。

莫嫌器小少功用，已入皇家瞻聖容。仙骨金身栖紫鳳，一鳴天下盡和同。

附：趙佳唯《題乾隆御用繪鳳銅碗》

天也垂青神也妒，黄金失色玉失容。須知世上尋常物，一入皇家便不同。

附：賈理新《咏鳳碗和趙佳唯先生原韵》

本是凡夫誰能妒？爐中浴火鑄新容。涅槃重上梧桐樹，紫氣千雲歲歲同。

附：靳志猛（逸石）《咏鳳凰銅碗》

但有華顏妒便生，掩棲幽野自心容。天緣終有羽呈日，紫殿雲霄孰與同。

題贈胡志平兄

庚子春志平兄談及退休，心有悵然焉。乃口占此詩答之。

不欲山林役此生，曾思退後效農耕。從來功業由天定，豈辨平民與上卿？

上巳漫興

庚子上巳節，書法家朱中原先生以『漫把相思裁成卷』徵詩，乃試續之，無佳句，奈何？

漫把相思裁一卷，風流文脉自承傳。流觴曲水千年興，一卷書成萬古泉。

附：泛若逸舟《七絶上巳漫興》

庚子上巳節，吾兄卯子之友人朱中原先生以『漫把相思裁成卷』徵詩，亦命吾續之，因此偶得。

漫把相思裁一卷，剩將殘墨染花箋。詩中寂寞無人解，空坐人間一念禪。

庚子五一期間與學院同仁唱和戲作鴻雁傳情和宋峰

其一

萬里神州處處家，春風一度過籬笆。疫情散盡心情轉，鴻雁歸來帶晚霞。

其二

書生意氣亦清遐，鴻雁傳聲百姓家。聊借風情寄一理，天涯無處不飛花。

注：

劉鴻雁爲余所在單位（北大城市與環境學院）副院長，爲人和藹可親，此爲在學院微信群内游戲之作。

附：宋峰《鴻雁送到家》

其一

人去樓空萬里遐，春風不解舊時家。遥望鴻雁歸何處，送到天涯遍地花。

其二

雲淡風輕落日家，清晨送到小籬笆。誰人可解心中意，鴻雁捎來一片霞。

庚子戲題和李本綱

頻讀君詩知有才，神通游戲費疑猜。囊中我亦時羞澀，詩情不忍築債臺。

注：

李本綱爲余所在單位（北大城市與環境學院）副院長，此爲在學院微信群内游戲之作也。

附：李本綱《玩得真嗨》

閑來無事弄詩嗨，偶有游玩不用猜。最愛錢包三兩個，哥們也要上高臺。

有感于李本綱教授發紅包

見李本綱教授發紅包有感，口占一絶記之。

紅包今又撒人間，劫後方知世事艱。安得錢財千億萬，人間散盡再回還。

宋峰與余皆悵然

宋峰教授搶紅包未成，余却盼學院新樓落成早日搬遷，皆有所悵然也！

倏忽燕園已暮春，疫情過後物華新。舊容似許般般老，書院如成最醉人。

附：宋峰《李本綱紅包派完了》

百花齊放滿園春，一派欣榮景色新。千朵奇葩迎貴客，紅包碩果最怡人。

賞紫薇和泛若逸舟女史

紫薇又稱百日紅，花期長、花色豐，余甚愛之。曾于京東賞竹別院栽植數株，每年夏秋之季，繁英似錦，惹人憐愛。今見泛若逸舟女史亦愛紫薇且詩中以『風流、芳事』喻之，甚以爲然，乃和之。

流光縷縷伴殘霞，香鼎熏爐自煮茶。滿院高華人已醉，但憑風月度年華。

附：泛若逸舟《七絶賞紫薇》

黄昏日暮鎖殘霞，獨坐庭中且煮茶。七月人間芳事少，風流獨看紫薇花。

夢中得句

庚子小暑後一日，與友人論詩。是夜，夢中得句『殘夢依稀入舊年』，醒後乃擴而成詩。

天運難知勝古賢，此中甘苦有誰憐？前程莫道多歧路，殘夢依稀入舊年。

贈魏廣君弟

庚子夏，廣君弟自大連寄櫻桃二箱，作《櫻桃清供圖》及此詩贈之。

黑黃紅似三千界[一]，個個珍奇見道心。記起畫中散落果[二]，離群一度覓金針。

注：

[一] 黑黃紅似三千界：所寄櫻桃有三種顔色，黑色（實際上爲黑紅色）、紅色和黃色，估計係三個品種。

[二] 畫中散落果：《櫻桃清供圖》畫作描繪了案頭的一盤櫻桃，盤旁散落數枚。

寫寄江南左莊偉老先生

鴻雁傳書兩地間，從來文事重周還[一]。但憑水墨豪情筆，筆筆寫君長壽顔。

注：

[一] 從來文事重周還：左莊偉先生爲余人民美術出版社畫集《機趣：馮健中國畫小品扇面集》作序，余作水墨册頁一本相贈。

題左莊偉先生《静坐養心圖》

左莊偉先生擅畫達摩。庚子夏，先生以微信發來其新作《静坐養心圖》，余品賞再三，乃作此詩贈之。先生讀後，以爲詩可增其畫意也。

静坐神思一柱香，佛經半卷此生長。達摩老祖渡江後，幾世修來雲水鄉？

讀胡志平兄論文有感

庚子仲夏，晨起讀胡志平兄《布衣自適與收獲：以鄧石如爲例》一文，有感而作。

布衣自適本無求，可嘆功成已白頭。斷岸江流聲自遠[一]，後人爭又入詩囚？

注：

[一] 斷岸江流聲自遠：鄧石如乃清代著名印家，有『江流有聲，斷岸千尺』一印傳世，語出蘇軾《後赤壁賦》。

題四季花卉圖

乙未初春作《四季花卉圖》長卷，庚子仲夏展讀得句。

四季花情四季新，可憐辜負轉蓬身。花新詩舊咏懷後，恍恍如逢世外人。

與墨石先生論詩口占二首以贈

庚子季夏，與墨石張華先生討論詩詞之價值觀，涉及『老幹體』及作詩質量、數量之關係，口占二絶贈之。

其一

老幹打油雖亦情，此情不是我心聲。作詩恰似作書法，筆筆來源在勵行。

其二

數量先行不是詩，恰如書法亂書之。縱然積得等身稿，怎比一吟潸泪時？

庚子仲秋答胡正好兄兼步其韵

庚子仲秋佳節，親友間以微信祝福，正所謂『千里信未稀』，收發之間不亦樂乎！胡正好兄別出心裁，以七絶相贈，真詩家本色也！乃步韵和之。

綿綿思緒越長川，千里同瞻孤月圓。縷縷清光無處寄，但憑秋意伴高眠。

附：胡正好《庚子中秋夜遇雨有寄》

短句四行祝馮健兄及家人中秋國慶雙節快樂吉祥！

隨風密雨滿山川，不見中秋皓月圓。欲寄相思無信使，瑶琴撫罷不成眠。

題贈金曼教授

庚子仲秋，瀏陽周其鳳校長宴請，群賢畢至，金曼教授唱《沁園春 雪》，恍恍如臨仙境。乃成小詩記之。

高歌一曲意無終，仰羡今人有古風。氣度未隨華髮改，聲聲清越見真功。

京郊寫生記事十九首

其一

心無挂礙寫春風，筆下豪情意料中。不識圍觀拍照者，但憑真意竟相逢。

其二

日盼搬遷夜盼君，奔呼相告心氛氳。若非規劃綢繆者，争會描圖著見聞？

其三

疫情防控得人心，可嘆詩人尚苦吟。佛子村頭人把守，遠山譜寫亦佳音。

其四

寫生一册見真功，未料中途遇大風。墨倒碟翻呼急救，却稱此景意無窮。

其五

鷄籠鴨舍且爲鄰，農事經營日見辛。可惜天公無眼界，不催桃李報新春。

其六

清水澗中清水灣，清風入谷幾回環？一年好景此時記，不羡山家日日閑。

其七

京西古道傍河居，處處人家結草廬。遠望群山真佛現，村民笑我看雲舒。

其八

菜園小路通村裏，河岸林中見酒家。行客不知農事理，却尋店主問桑麻。

其九

灘後山前景最佳，坡爲畫案寫山崖。可憐教授成游丐，一日吸來多少霾？

其十

長操村口寫村居，老者閑來意狂疏。問我可知文藝理，我言未敢忘心初。

其十一

黄坎河邊逢醉漢，堅稱我繪他家河。莫非佯醉説胡話，抑或斯人有急疴？

其十二

黑雲浮動晚風急，山裹夜行添褶衣。墨水難分潑灑後，展圖一視畫魂飛。

其十三

石壺[一]筆下景神奇，竟于龍峽得遇之。水冷流湍造境險，不逢險境不成詩。

注：

［一］石壺：指山水畫家陳子莊。

其十四

轉年村有河山景，畫畢方聞蟈蟈鳴。向曉燕山有此品，清吟一路伴孤行。

其十五

白河峽谷最關情，幽鳥時飛山色晴。攬勝雲臺秋意早，徐徐不覺晚風輕。

其十六

村後雲山更勝前，深深院落有炊烟。揮毫速寫眼前景，寫罷山川魂夢牽。

其十七

嶺外霞雲風景絶，寫生選點步移遲。偶逢村嫗多疑問，偷取山河釀造詩。

其十八

人笑吾痴吾更痴，河山重塑有神思。他年積得稿無數，一展宏圖吟醉時。

其十九

炊烟裊裊夕陽時，院落安詳恰是詩。莫羡村夫林下老，此中真味我能知。

附：京郊寫生十九記

一

余于京郊寫生時，經常被路人或村民圍觀，甚至被拍照，衹能視而不見，心想無人知道馮某係大學教授或知名學者，做一次民間草根亦是趣事。

二

畫核桃村時，再次被圍觀，有村民奔走相呼：畫拆遷圖者來也！

三

很多村口，疫情防控，不讓外人進入，以『畫幅畫、畫完即走』爲由，則往往被允許入内，但不可遠走，説明村民尚明事理，幸事也。偶爾也有例外，如安家莊村口，一婦女把守，不讓入内，衹好在村口伏地而畫。佛子莊村村口，一群人看護把守，氣氛嚴肅，難于開口，便于村口畫遠方景色，亦成佳構。

四

東王平村，寫生中遭遇六級大風，帽子被吹上馬路、一路翻滾而去，水、墨碟子盡翻，一時飛沙走石，余死死護住畫册，大呼妻、子出車相救，幸好畫册無恙。

水墨四季花卉（四幅）（丁永明題） 縱一百三十六厘米橫三十四厘米 二〇一八年 馮健繪

静待流光付落花

縱三厘米橫三厘米　陳以蘇刻

出自馮健《紫藤十三咏其八》

半酒半茶半烟霞，半僧半俗半詩家。一年此刻銷魂甚，静待流光付落花。

五

王平鎮龍王臺，畫一拆遷之農家院，身旁鴨圈鵝圈，惡臭陣陣襲來，余心中曰：聞臭而畫，古未有之，不亦快事哉！畫畢，對農家院主人做一簡單訪談，知山區鄉村發展之不易也！

六

清水澗，畫廢弃之北京天明軸承廠，一半位于山洞中，顯然係六十年代三綫企業（進山進洞）建設時所建。畫畢嘆曰：工廠之大建築亦可入畫矣。可見，入畫與否，在于畫者之目、之心，景觀倒在其次。

七

京西古道水峪嘴村，繪畢發現遠山似卧佛，頭眼口鼻兼具，形象逼真，忙激動告知村民，村民一臉茫然，視余爲瘋子，奈何奈何。

八

丁家灘村疫情防控甚嚴，無意中到達村後菜園，有小路可入，穿越菜園，便達村莊。遂沿菜園小道徐徐而入。古人有『瓜田李下』之嫌，余亦有『做賊』之感，時時給自己鼓勁以防村民責問，甚尷尬也！如此，方入山村深處，得佳作真不易也！

九

丁家灘村後永定河畔有一快速公路，通下坡小道，站小道上，快速公路邊地面恰成畫案。余大喜。畫畢，妻曰：『汽車尾氣皆爲君所吸也。』余嘆曰：『余欲以畫傳世，莫説吸一時之尾氣，即便一日吸之，又當如何？』言畢，大笑而歸。

十

長操村，路一側爲村居，另一側爲村民活動場所，有桌椅板凳及舊沙發若干，大喜，乃坐沙發上描繪目之所及之村居屋舍。繪畢，收拾行裝欲離開，恰有一老者至。老者曰：『我來君走，君不知我黨之文藝方針乎？毛主席在延安文藝座談會上之講話曰「文藝要爲勞苦大衆服務」。』余大囧，忙打開册頁，任其觀賞。

十一

懷九河畔黄坎段，一醉漢與友人釣魚，見余寫生，乃駐足觀看，不斷贊美。畫畢，醉漢曰：『此河係吾家所承包，君所繪甚佳，吾甚愛之，當歸吾。』余大囧，佯作未見。醉漢仍不肯罷休，欲動手取畫。大有『此山係我開，此樹係我栽。欲從此路過，留下買路財』之勢。余忙對曰：『一畫本不足惜，奈何此一整册，無法分割！』醉漢曰：『整册亦可。』余暗暗叫苦，忙思逃脱之策。當此時也，醉漢手機鈴響，趁其接電話不備之際，余携册快速脱身。至今不知其真醉耶？佯醉耶？

十二

一日與友人作山中夜行，見黑雲浮動，雲借風勢，仿佛與山川競跑，動勢憾人。余記起黃賓虹老人由夜山悟筆墨真諦，乃不顧同行者反對堅持下車，取筆墨欲寫之，奈何伸手不見五指，墨難分深淺，水難辨多寡。轉念一想，既來之，則畫之。遂全然不顧黑暗，將墨、水傾倒紙上，肆意揮灑，全憑直覺，如盲人作畫，倒也痛快。翌日，展圖細觀，竟得奇趣，非尋常筆墨所能成也，真奇事哉！

十三

由泠水峪村可進入青龍峽景區上游。然而，一日前，京郊大雨，路面被水衝壞，部分山石滑坡，未及搶修。路面局部水流成河，衹好脱鞋襪、挽褲腿，涉水前行，水甚凉，水流甚急，稍有不慎即會被水流衝走，確有一定危險性。進入景區深處，竟見陳子莊筆下奇境，遂伏地而畫，歸途再次脱鞋褪襪，有歷險之感也！

十四

轉年村有河，甚寬，河上有懸橋，一步三蕩，頗爲驚險，河岸有觀景臺，適合寫生。畫畢，聞蟈蟈鳴，乃細加搜尋，于一槐樹上見之。乃以草帽爲具，捉之。將礦泉水瓶改造爲簡易籠具，後飼之至初冬。開車途中，不時鳴唱，能解旅途煩悶之苦。此蟲鳴叫有力，乃燕山佳品也！爲寫生路途增添許多樂趣。

十五

白河峽谷，景色乃京中一絶！久聞谷中之『雲臺攬勝』頗似『雅魯藏布大峽谷』景致，見之，果然名不虚傳。畫時值正午，甚炎熱，揮汗如雨。觀景處，人多地狹，能安放畫具處衹有垃圾桶之上，已然顧不得這許多。歸後，對所得作品頗爲滿意。

十六

山川村村後有一公共厠所，由厠所後望遠山，景觀極佳。但人須位于厠所旁作畫，大煞風景。猶豫再三，不忍弃之。乃旁若無睹，繪畢，果然得一佳作，可見寫生途中機會不可輕弃也！

十七

霞雲嶺下石堡村，余于路邊反復觀察，選擇繪畫視角。一老婦疑余爲賊，問曰：『幹啥的？』對曰：『畫畫的。』又問：『畫畫幹啥？』一時無言以對。稍加思忖，勉强對曰：『爲了欣賞。』老婦曰：『不讓你畫。』余甚囧，匆匆離開，另找觀察視角，終有所得。

十八

余畫一村，正投入中，有人問：『政府行爲？』答曰：『非也！』又問：『美院專業？』答曰：『亦非也！』又問：『能賣錢乎？』答曰：『不能。』對方曰：『既不能賣錢，又無政府項目支持，畫之何用？君傻乎？』余一時語塞。

十九

畫東班各莊時，夕陽西下，炊烟裊裊。村舍房屋坐落于樹木叢中，很是幽静安詳，一時動了隱居之念。人生一世，功名利禄，紛紛擾擾，繁忙一場，到頭來也不過是過眼雲烟。怎比那村夫野老，坐賞天然之趣！悲夫！痛哉！

己亥冬書畫頻道播出踪岩夫先生節目

己亥之冬，書畫頻道《一日一畫》節目播出踪岩夫先生十二講大寫意花鸟繪畫。先生所繪，水墨華章，色墨交融，神遇迹化，逍遥求真，真大家風範也！鏡頭之捕捉功能彰顯水、墨、色在宣紙上流淌、交匯、滲化、融合之魅力，筆與紙的纏綿仿佛展現了一位老者打太極拳之全過程，妙不可言。觀後有感，乃成小詩一首。

名動京城老畫家，莫嫌遲暮展雲霞。華章得遇新風範，椽筆如神無畔涯。

柳磬如教授四十五初度

辛丑二月，時逢磬如教授四十五初度，諸親友受邀于昌平區都昌大院歡聚一堂，詩畫相酬，其樂融融。乃現場作此詩賀之。

壽如金石聲如磬，江右風流自在天。一自花朝春訊[一]後，且憑狂酒效詩仙。

注：

[一] 花朝春訊：磬如教授曾在江西教育出版社出版散文集《花朝節的紀念》。

題陳尚雲攝影作品玉甑峰

玉甑遥觀豈待時，閑雲舒捲見仙姿。攝魂自有好身手，踏遍神州處處詩。

辛丑上巳節紹興蘭亭雅集

辛丑三月初三上巳節，應邀出席第七届中國書法蘭亭獎頒獎儀式暨第三十七届蘭亭書法節開幕式，參加曲水流觴蘭亭雅集活動，有感而作。

處處飛花三月天，蘭亭暢叙借詩箋。撫今追昔憑誰嘆，寄此幽懷瞻聖賢。

入選蘭亭獎作品之創作感言

余自幼受族伯父馮亦吾先生影響，喜愛書畫藝術。博士畢業後，在北京大學從事社會與文化地理方面的研究和相關教學工作。一直把『藝術地理』作爲社會與文化地理研究的一項重要內容，并以跨學科的視角關注書法理論研究、書法學科建設、綜合性大學學生書畫藝術素養培育、大學校園書畫篆刻文化傳播等課題。在研究工作以外，也涉足詩書畫印創作，更多是以學者文人的身份游戲筆墨，在科學和藝術之間游走。把書畫中强調圖式、視覺效果和創新的意識引入到自己的科學研究中；與此同時，又把人文地理學所强調的城鄉文化景觀要素構成、和諧人地關係理念及遥感影像解讀原理等引入到山水寫生中。對書法家的訪碑等活動予以地理學家的關注和解讀，而在人文地理學的田野調查和社會考察中，又常常以書法家的視角去觀察和考量，甚至用地理學所訓練的邏輯思維和科研方法進行書法及藝術教育方面論文的選題及寫作，也取得一定的成效。體會到學問之間都是相通的，這種『跨界游走』和跨學科研究的狀態似乎更適合我，讓我感受到一種前所未有的『自由』和『自信』。這次入選蘭亭獎，更增加了信心，希望今後能在書法地理學和跨學科視野下的書學研究方面取得更加豐碩的成果。詩云：

蘭亭暢咏慰相思，游戲原無早與遲。莫道前途有歧路，世間誰解此中痴？

七絶二首贈彦光兄

丙戌仲春，余畫花卉六幅贈彦光兄，兄以二詩回贈。余數年未品其詩，今日再讀，見自然天成之趣。每論及書畫，兄多以門外人自居。其實詩畫本一律，以詩之理論畫，可入木三分也。因借原韵，唱和二首如下。

其一

小技雕蟲怎敢誇，醉中多寫四時花。尋常最是神奇處，工拙何曾仿一家？

其二

論畫詩家總在行，得來自不費思量。新奇須借詩中顯，妙理常從畫外藏。

附：陳彦光《觀馮卯子畫戲爲二絶句》

丙戌歲辛卯月，周先生之穗贈吾弟馮卯子挂曆一幅，内印唐伯虎『墨韵丹青』六張。卯子摘下并留存唐氏畫作（印刷品），用襯紙爲余寫四季六時花卉。見之甚喜，觀賞後感賦二絶，游戲筆墨而已，聊以爲謝。

其一

吾弟功夫實可誇，娴成四季六顔花。古寅今卯因時序，五百年來又一家。

其二

書畫吾儕是外行，憑將妙處與商量。他年海内飆高價，我用丹青换住房。

觀吴冠中先生北大畫展有感

丙戌年春，吴冠中先生複製作品展于北大百年大講堂開幕。吴氏曾提出『筆墨爲零』論，引發争議，乃現場作此詩題于展廳留言薄上，歸後曾發送彦光兄一讀。

筆墨爲零難苟同，文人院體兩途通。坡翁早有詩評在，形似何須太用功？

附：陳彦光《和馮卯子觀吴冠中北大畫展有感》

其一

不謀元因道不同，物中應有理相通。若無道理輸文翰，必使丹青枉用功。

其二

我謂爲人與畫同，畫圖易寫意難通。墨分文院全無計，思入中和自有功。

其三

不與人同與道同，誰教翰墨具神通？苟能悟出陰陽理，自可修成造化功。

繪畫答客問

友人問：爲何要畫畫？

對曰：爲胸中那股『逸氣』找到一個發泄通道。没畫以前，胸中有股氣必欲使之出；既畫以後，筆走龍蛇，落于滿紙淋灕，此氣方出，出之則神清氣爽。韓愈評張旭草書，云『張旭善草書，不治他技。喜怒、窘窮、憂悲、愉佚、怨恨、思慕、酣醉、無聊、不平、有動于心，必于草書焉發之……』倪雲林云：『聊以寫胸中逸氣耳！』又説：『……僕之所謂畫者，不過逸筆草草，不求形似，聊以自娱耳。』均爲類似道理。

畫家作畫，如同詩人寫詩，用來記録生活、抒發情感，或以之娱樂。當然，既然是娱樂，則既可娛己，也可娛人。娛己是寫出胸中逸氣，娛人則實現其社會功能——以『美』育人，給人以美之享受，向社會展現『美』及畫者審美觀。

其實，在古代，畫具有更多社會功能。如畫有『治病』之功能。古人之有病者，無法游覽自然山水，可于書房山水畫中『卧游』，如同游覽自然山水一般，久之，病體康復，此之謂『精神療法』。如畫有『論道』功能，畫家所描繪之『莊子夢蝶圖』『魚樂圖』『伏虎羅漢圖』以及各種禪意繪畫，皆以形象化手段向世人論道、談禪、説法。再如，畫有『表達執政理念』之功能，可有效表達政府官員之執政理念，如鄭板橋于一畫上題曰：『衙齋卧聽蕭蕭竹，疑是民間疾苦聲。些小吾曹州縣吏，一枝一葉總關情。』他于另一幅畫上題道：『烏紗擲去不爲官，囊橐蕭蕭兩袖寒。寫取一枝清瘦竹，秋風江上作漁竿。』可見，這些作品，充滿文人氣息，亦闡明其執政理念。據稱，吴冠中在歐洲留學時，曾被鄭板橋《墨竹圖》上題寫的『衙齋卧聽蕭蕭竹』這首詩所打動，并喻之爲『風箏不斷綫』，此畫在空間上將其思緒從歐洲帶到遠在萬里以外之祖國，在時間上他似乎看到兩百多年前鄭板橋在縣衙裏關心民間疾苦之景象。他感嘆道：『此乃中國文人畫高明之處！畫有如此作用，奇哉！』

齊白石論畫强調『妙在似與不似之間』，盡管其畫了無數毫髮畢現之工細草蟲。黄賓虹也有類似説法，如『絶似又絶不似物象者，此乃真畫』，實際上是『不似之似』。潘天壽對『不似之似』作了進一步解讀，『不似之似，即形不是很像，但神很像』，他又提出『要有絶似又絶不似與絶不似又絶似之本領，方可創作出佳作』。因此，大寫意畫家須具備寫實本領，若無此本領，大寫意難以深刻。

友人問：能畫齊派大寫意花卉配工細草蟲否？

對曰：試爲之。乃擬齊派工蟲。畫畢，悵然若失。忽憶壽者語『畫須有筆外之筆，墨外之墨，意外之意，即臻妙諦』。乃自視而大笑，遂記之。

事後，作詩記之。詩云：

其一

繪事原憑一念通，育人娛己亦高風。成圖難在有深意，水墨情懷造化功。

其二

工寫如何辨异同？工蟲未必具神功。天機妙趣悟通後，數筆猶能寫草蟲。

其三

似和不似皆相似，不似其形似技窮。大寫從來多古意，不憑形似論雄風。

其四

卧游夢蝶皆佳境，魚樂三思[一]即色空。縱有人間好願景，春來江上釣東風。

注：

[一]魚樂三思：『魚樂圖』『三思圖』爲畫家常見之繪畫題材。

美國見聞記之异域習書有感

余有一習慣，在所讀書頁空白處記録讀書或學習感想，故所用字帖上亦記下不同時期學書之過程。《衡方碑》字帖扉頁上保留了己丑年以毛筆小行書記録的一段學書歷程。録之如下：『十六年前，余初習漢隸，乃首得此帖。雖不甚解其佳處，却知其有高古之氣。後又習《張遷碑》，再臨《爨龍顔》《爨寶子》，追求古拙一路書風，惜未有所成，而興趣轉向行書，求大王一路典雅書風。近年興趣又有所回轉，多次臨寫《夏承碑》，間或作隸，已無古拙風格。而行草似每有所進。蓋人之書藝，衹須用功，便有進境。然水到渠成，不以人之意願爲轉移。己丑冬馮卯子有感而書。』

甲午之夏，首次訪美時，雖帶有毛筆而未帶字貼，然亦不影響學書。乙未年初，二次赴美時，則携帶《衡方碑》，後在扉頁空白處記録甲午年在美學書之體會，録之如下：『甲午之夏，余于美國訪學，空閑時多在室外樹下之桌上寫隸書，每天早晚各寫一次，每次將自作梅蘭竹菊詩十六首寫一遍。可惜未帶字帖，衹能回憶《張遷碑》《夏承碑》《衡方碑》數碑之用筆特徵。書寫速度稍慢，體會乾筆、濕筆、半乾筆殺入紙之感覺，注意筆在運行中與紙摩擦力之關係，體會提高綫條質量、增加綫條可讀性之方法，似有進境。乙未新春再次訪美，憶半年前學書體會并記于此。』

庚子年夏，重拾記憶，時中美關係惡化。余在美訪學時，每次停留一月有餘，本想利用在美時間，集中精力完成數篇英文論文，然事與願違，工作效率并不甚高，内心無時不期盼回到國内與友朋相會，空虛之餘，每日以習書練字爲寄托。故以小詩記彼時心境。詩云：

每以離痕憶舊風，重洋遠涉慰幽衷。但憑漢隸雄渾氣，筆筆書成赤膽忠。

美國見聞記之習書有得并悟琴書之理

乙未歲初，有兩次赴美國訪學之行。出發前，隨手將兩字帖塞進行李箱中，其一爲隸書《衡方碑》，乃上大學時經常臨寫之帖。至美國後，空閑時常臨摹此帖，竟有感悟，遂記録如下。近日寫隸書，忽悟書法與古琴之互通處。筆入紙正如手撥琴弦。筆殺紙以求留得住，手撥弦同樣要留得住，方有沉静之音。高手操琴，看似輕鬆，實則暗含千鈞之力，書法亦然。在此基礎上，不滯不臃，求骨法用筆與氣韵生動之效。書之骨力，恰似琴之韵律，書、琴之節奏亦可合一。以書法行筆之理操琴，雖非專業樂手，却有書卷之氣，不落俗套。余將此感以短信告知好友黑龍江胡志平兄，兄回復道：拜讀信息，有同感，我之真正知音。後以詩記之，詩云：

書琴之理本相通，得失何勞造化功。沉静自含神鬼力，一朝横越大洋東。

美國見聞記之异域桃花源

在美國伊利諾伊州厄巴納，由大學宿舍區至某兒童游樂園，須經過一社區。此社區安静潔净、美麗如畫，余甚愛之。

晉陶淵明筆下之『桃花源』係千年來中國文人心中永久不滅之夢想，『狗吠深巷中，鷄鳴桑樹顛』，因靜謐而得聞鷄鳴犬吠。然而，近年中國城鎮化進程快速推進，使得傳統鄉村景觀與生活方式遭受衝擊，似有蕩然無存之勢，『鄉愁』亦已無處可尋，耕讀文明儼然一夢，遥不可及，更無論桃花源。

行走在前述厄巴納一社區裏，恍惚如在夢中。此莫非古人所謂之桃花源乎？社區安靜异常，似能聽見落葉之聲。無過多裝飾，亦不算奢華，社區緑化方式爲大樹、草坪及少量花卉，其良好之氛圍令人驚嘆。住户多于車庫旁置休閑椅，人坐椅上休閑度日。觀後令人羡慕，甚至亦渴望擁有此椅。野兔于住户草坪上築巢，巢中小兔嗷嗷待哺。大雁亦營巢于水塘岸邊之草坪，産蛋、孵化，井然有序，皆不受干擾，人與自然和諧共處。

據友人言，受相關管理機構要求，居民對私家花園中之樹木有維護責任，居民須按要求栽種可開花之樹種。房産附帶周邊大樹之産權，購置房産者亦成爲大樹之監護人。主人每年須對大樹進行修護，修剪擋路和影響他人建築之枝條，以維持其良好形態，草坪亦有類似要求，否則將被追究責任。可見，社區環境氛圍之形成，既與居民素質和自覺有關，也與相關之管理措施有關。歸後，以詩記之。詩云：

桃花源裏幾回環？犬吠鷄鳴在九寰。隱隱幽情成一夢，悠悠世事隔千山。路迷春徑客行遠，葉落芳園人賦閑。點點鄉愁無處覓，不知身在异鄉間。

美國見聞記之社區拼數字游戲

美國城市社區活動异常豐富，由社區活動進而形成社區凝聚力。『賓戈』即爲社區活動之一種，常于社區中心舉行，實際即拼數字游戲。凡參與者，每人持一數字盤，主持者不斷報出數字，如某列係何數字，若參與者數字盤上有此數字，則以糖果做標記。待拼出一行或一列數字，則算贏，需呼『賓戈』二字，待主持者驗證後可領禮品一份。活動結束後，有食物可供享用，如蛋糕、糖果、咖啡等。一般一月舉辦一次。余曾伴犬子柳溪參加一次，感受到其中樂趣。活動以孩童爲主，成人亦認真參與。經常參加活動者，相互之間比較熟識，社會關係得以强化。孩童贏得禮物後，則游戲興趣大減，遂聚集玩耍，而家長則繼續拼讀數字游戲。

後以俚言記之如下：

社區游戲樂融融，黄髮垂髫最用功。賓戈一語争先喊，糖果咖啡用不窮。

美國見聞記之童子軍帶來社會互動

西方城市社會地理學理論中，有一概念曰『童子軍』，指社區通過組織兒童活動以聯繫家長，從而增强社區凝聚力，爲社區實現社會互動之重要方式。社會地理學研究向有『局外人觀點』與『局内人觀點』兩種思路，前者指研究者置身事外，運用所收集之數據資料或其他證據開展研究，用『俯瞰』視角開展分析得到結果；後者指研究者置身事内，親身參與到研究對象生活之中，在研究過程中與被研究者形成互動，用『平視』視角通過『參與式觀察』開展分析并得到研究結論。余訪美期間竟有機會以『局内人』方式體驗『童子軍』在社會互動中之作用，真奇遇也。

在OD社區，居民每月可獲得社區報一份，此報將預報本月各種公共活動，如集中之購物活動、兒童集中活動等，有意參與者需提前網上報名。二月份之社區報則預告，二月十四日情人節爲第二個兒童玩耍日，下午一點至三點半將在第一基督教堂室内游樂場舉行，一點在社區有免費中巴車開往教堂。余與妻携犬子準時乘車前往。

大游樂場旁側有家長休息區，備有各式點心、飲料，亦備有材料若干，以便家長和孩子動手製作中國賀年卡片。家長、孩子均須在標簽上填寫名字并配挂胸前，以便互識。孩子于游樂場盡情玩耍，家長則談興正濃。此時，不同年齡、不同性別、不同種族之居民，均因孩子而相聚，邊吃點心邊愉快聊天，在不知不覺中度過一下午。早在二〇〇三年于英國南安普敦大學訪問期間，余曾目睹西方國家教堂在組織社區互動方面發揮作用，余與友人李志剛（現爲武漢大學城市規劃設計學院院長）亦進入教堂品嘗咖啡。此次，更深入體驗教堂、童子軍及社區居民三者之互動關係。室内游樂場周邊房屋，模擬警察局、醫院、消防站及城市活動中心等，對兒童進行社會教育。同行中國友人笑曰：此等房屋，在國内定爲『旺鋪』，出租營利定然搶手。衆人皆笑。有一信仰基督教之老華裔，爲衆人發放祝賀『中國年』之賀年卡片，并以中文致辭，祝賀春節愉快。于异國他鄉聞此祝賀，内心倍覺温暖。

歸後以小詩數首記之，詩云：

其一

童子稱『軍』最是奇，人言天性戀頑痴。若非現場觀童戲，不見融融歡樂時。

其二

生計艱辛世態涼，早將閑趣長相忘。先知莫若小童子，相約還須靠諸郎。

其三

公房旺鋪兩相關，天道輪回自送還。世上何時功利少，霞光初日照人間。

其四

局外局間自兩忘，耳聞目睹重感傷。兒童不識愁滋味，却把异鄉作故鄉。

水墨荷花四條屏（四幅） 縱一百八十厘米橫二十二點五厘米 二〇二〇年 馮健繪

詩魂

縱二點四厘米橫一點五厘米　陳以蘇刻

出自馮健《咏四君子》

疏枝多寂寞，月影伴佳人。楚澤留遺韵，幽園愛納新。

翠雲清且雅，傲骨素兼真。千載柴桑後，詩魂有化身。

美國見聞記之多功能圖書館

圖書館可成爲兒童活動樂園，成爲實現社會互動之有效場所，國人多不知。美國厄巴納公益圖書館，不知者，會識其爲『兒童樂園』。怪哉！

余赴美國前，數月來，妻于電話中告知，每周攜犬子赴圖書館兩至三次，有大量兒童玩具及兒童圖書，犬子甚愛之，每次可玩三四個小時。妻則帶上筆記本電腦于一旁工作，犬子或獨自玩耍，或與小友一起玩耍，不亦樂乎。余聞之頗爲驚訝，欲體驗一番。

厄巴納圖書館分三層，地上兩層，地下一層。兒童設施占據三分之一，皆位于地下一層。一進大門，爲一吧臺，出售酒、咖啡等，有調酒師提供優質服務。吧臺旁有一閱覽室，臨時作爲演出及觀看演出之場地，有兩位美國姑娘在彈吉他，正舉行一小型演唱會，類似鄉村音樂，有如天籟之音。衆人静坐閲覽室内，或看書或聽音樂會。余安頓犬子後，來此處品賞一小時，氣氛和諧，時光美妙。

地下一層，皆鋪有地毯，有活動室、玩具區，亦有讀書區，不啻爲兒童天堂。犬子奔向玩具區，貪婪抽出一箱玩具，于地毯上擺弄玩耍。亦有美國家長攜一歲左右之幼兒，幼兒于地毯上滚爬玩耍，大人于旁邊看護，其樂融融。未幾，孩子逐漸增多，便一起玩耍。余順便對妻做一采訪。問：『圖書館爲何對兒童如此重視，將三分之一場地留給兒童？』答曰：『對一個社會而言，還有何比兒童更爲重要？』余無言以對。妻言，同事受其啓發，亦開始帶孩子來圖書館，還有一鄰居，周末帶孩子在圖書館玩一整天。

下午三點，工作人員告知衆人，兒童活動室活動即將開始。余與妻忙攜犬子來到活動室，發現此處已聚集大量家長及兒童。工作人員早已擺好了桌子及各種手工材料，有製作面具者，有製作玩具者，有在手、臉部畫彩繪者，有以剪刀剪彩紙者。兒童越聚越多，有些桌前還排起長隊。大人們則或站或坐，愉快交談。亦有幾個家庭的孩子一起玩起游戲，家長參與其中，一派祥和景象，足見高效社會互動可借助圖書館得以實現。

多功能圖書館及其功能給人印象深刻，尤其對兒童之重視，對社會互動之重視值得借鑒。作爲轉型經濟中之規劃者，如何理解城市設施内涵，設施規劃建設如何考慮各種人群需求，尤其是兒童需求如何體現，值得國人反思。

歸後以小詩數首記之，詩云：

其一

從容極樂在書園，喜見孩童無嬉喧。若得無雙江夏譽，放開天性去籬藩。

其二

場館功能大若天，兒童無視有誰憐？從今當弃繪圖手，先于情懷禮上賢。

其三

异國尤懷故土親，難能天籟一聞新。傷情自是多情故，洗盡繁華不染塵。

其四

心念親朋處异邦，偶聞短笛野無腔。不由細數歸鄉日，殘夢依稀驚碧窗。

美國見聞記之芝加哥城市景觀及其啓示

芝加哥號稱美國第三大城市，其城市中心建築密度及高度均令人驚訝，然而，其臨湖之自然環境又無比優美，讓人聯想起城市社會學之『芝加哥學派』發源于此一定有其自然及歷史背景。二十世紀二十年代之芝加哥爲典型移民城市，基于當時芝加哥社會結構之『同心圓』模型及人口遷居實況之『侵入演替』理論至今影響力不衰。

民國時期，武漢曾有『東方芝加哥』之稱，在城市與湖泊關係上，武漢與芝加哥也確有相似之處，但經過近百年之發展，武漢遠遠落在芝加哥之後。尤其今日之武漢，正大力推進『工業倍增』計劃，信心百倍實踐其『工業興市』之戰略，不知其工業化階段還需持續至何時？新一輪城市總體規劃如何考慮城市規劃建設與其工業强化期之關係？

二〇〇〇年，杭州提出『工業興市』戰略，但不到十年，發展戰略即有所調整，以錢江新城建設爲代表之高端服務功能得以强化，進而使整個城市功能定位得以提升。二十世紀九十年代末，蘇州工業園區開始建設，約五六年後顯現效益，時至今日，最令蘇州新一版城市總體規劃之規劃師發愁者便是蘇州製造業比重偏高、服務業尤其是高端服務業比重偏低之問題，故而决心强化服務業職能并以深圳作爲『標杆城市』。前後計算，衹有十年時間，戰略便需調整。

拙見以爲，武漢工業職能强化期亦爲十年左右，之後必有戰略調整和更高功能之提升目標。新一版城市規劃應對此予以重視，不應將工業發展戰略納入整個二十年之遠期規劃或更長之遠景規劃期。武漢欲縮短與芝加哥之差距，需依靠更高定位，需將發展空間留待未來謀劃，而非皆爲工業發展所占用。

後以小詩記之。詩云：

東西皆有芝加哥，可嘆百年路蹉跎。自有學人瞻望遠，不隨庸衆唱豪歌。

注：

此詩因需嵌入『芝加哥』三字，無法符合平仄，故采用自由體。

聯語

賞竹別院聯

有竹亭中閑對弈
無詩院裏覓新裁

賀林雅貞教授八十華誕

雅懷常伴詩書趣
真意笑迎桃李芬

注：
林雅貞教授爲北京大學城市與環境學院退休教師。在其八十華誕之際，系領導囑余作書賀之，乃撰此聯并書之。

應胡志平兄邀擬聯賀劉彦君劉瑩鑒賢伉儷新婚

維賢維彦偕君老
如玉如瑩鑒此新

賀徐聲、朱雪新婚聯

新放朱華三月雪，雪迎并蒂

長聞徐府四時聲，聲伴同飛

應胡志平兄邀擬聯贈錦秋女士

錦文織就三都賦

秋意裁成二月花

應蔣蒲英主席邀擬聯贈交通部李盛霖先生

其一

盛迹周游得暢神之境

甘霖普降存無我之懷

其二

盛迹周游，暢達方稱痛快
甘霖普降，潤滋最是神怡

應胡志平兄邀擬聯贈徐彤女士

品晴和之境，清風徐至
觀虛静之懷，此意若彤

應胡志平兄邀擬聯贈醫生劉静君先生

大德濟人，精義多能立本
允誠處事，静君自可入神

擬對徵聯

見網上有以『觀音山上觀山水』徵下聯者，試對之，難合平仄，奈何！

觀音山上觀山水
無量佛前無佛尊

應胡志平兄邀擬聯贈人壽保險公司

福滿神州佳績滿
人傳善道壽昌傳

賀紀岑岑冷天陽新婚聯

岑壑暢游心志遠
天陽初照物華新

應邀爲賞苑畫廊擬聯

賞古賞今，無外儒釋道吉金經典
苑前苑後，皆爲松竹梅風華絶章

戊戌歲闌戲擬聯

戊戌歲闌某夜，應磬如柳君之邀，赴萬柳書院書寫對聯，時有彬老王君在焉。彬老忽曰：吾欲書『春江花月夜』，可乎？乃不容分説，將此五字書于七言聯上。余大驚，遂静觀彬老出新之策。但見彬老思索片刻，大筆書曰：春江花月夜潤霞。余等大囧，盼彬老以下聯化解之，亦不失高妙。然彬老弃之，改寫福字。歸後，戲擬一聯記此趣事，友人見而异之，問余何來思路。對曰：君不聞聲律已入兒歌乎？套用兒歌而已。衆皆笑。聯曰：

秋水蒲風天晚照
春江花月夜晴空

庚子春戲擬聯贈陳以蘇

三八節，俗稱『女神節』。庚子歲春，疫病流行，舉國恐慌。陽曆三月八日晨，金陵篆刻家陳以蘇兄來微信曰：女神節好。余答曰：兄有女神在側，自然安好。其回復曰：我是靜對古賢。余戲擬一聯答之，聯曰：

女神在側，縱然靜對古賢，也是三心二意
疫病流行，即使神游物外，必然北轍南轅

庚子秋擬聯贈五彩田園農家院

庚子教師節前夕，衛欣師弟邀請吾師周一星先生及衆師兄弟（携家屬）暢游通州新城區，中午在五彩田園農家院一聚，孩子們忙于采摘、捉蟲、玩水，不亦樂乎。歸後擬一聯，并書贈農家院主人。

三秋農事天然趣
五彩田園自在奇

墨竹四屏（四幅） 縱一百八十厘米橫二十二點五厘米 二〇二〇年 馮健繪

秋風蕭瑟有龍吟

縱三厘米横三厘米　陳以蘇刻

出自馮健《竹子》

種竹多年情愈深，秋風蕭瑟有龍吟。可憐多少湘妃泪，灑却人間鑒此心。

新詩

一個人的孤獨

人生有太多無奈
每一步都走得艱難
人生有諸多抉擇
每一個抉擇都需要付出
超越常人的毅力
人生有這般那般的痛苦
痛苦之後
却是重生

人近中年
白髮學童
去學那份執拗
去學那份純真
得來幾分
失去幾分
得來幼稚

失却認真
得來率意
失却工穩
得來安逸
失却自由

越是接近本真
越是遠離凡塵
于是
確信
斯道孤獨
于是
選擇
一個人的孤獨
人笑我愚
我亦嘆我愚
最好是
學到如愚
愚不可及

在海邊

在海邊漫步的那一刻
我纔明白
也許
我不屬于這個紛繞的世界
潮漲潮落
浪來浪退
周而復始
是那樣地單純
它衝退了所有的煩惱
將複雜的心情擊碎和重塑
岸邊的浪花
彷彿在劃寫一個個句號
我知道
那是在提醒我
要懂得開始
也要懂得結束

在海邊漫步的那一刻
我纔醒悟
也許
我要放下心中的那份不捨和牽挂
春去冬來
斗轉星移
簡單的規律
見證大自然的運行
你我都不過是大海中的一滴水
分解
融合
激越
平静
在浩瀚的宇宙時空中
又怎能看得見你和我
在海邊漫步的那一刻
我纔憧憬

也許
我會選擇在來世做個平凡的漁夫
日復一日
年復一年
在欣喜和失望的交替中度日
不用面對人生的大起大落
却能體驗平凡的幸福
波瀾不驚
去留無意
任憑身後沙灘被大大小小的脚印覆蓋
總是豪逞酒後的灑脱
海天一色
遠帆點點
遥望那一道天際綫
凝視那一汪湛藍
依然一展隱者的情懷

收拾行裝
準備遠航

給自己的心靈一次解放
哪怕就是一個短暫的夢
也要在夢中笑醒

夢解姑蘇

每次知道要去看你
内心總泛起激動的漣漪
每次走進你
空氣中總彌漫着淡淡的憂傷
每次離開你
脚步却總是無奈地匆忙

粉墻
黛瓦
長廊
微風吹過水面所蕩起的長紋
那些簡單的綫條

平行、交織而富有彈性
用內涵營造寧静
用淡彩呼應水墨
彷佛天地間置了一把古琴
没有人彈奏
却清韵自出

那一年盛夏
太湖東山鎮三山島
我走向村莊深處
觀音堂，鄉村文化室
驚詫于空了僧的狂草張滿墻壁
無緣一面
衹好留下『湖畔烟雲』的筆迹
筆迹留下了
我的心也留下了
從此多了一份牽挂

那一年嚴冬

虎丘斜塔

臘梅初放
紅梅含蕊
我留戀那梅香塔影
久久不肯離去
拍了無數照片
也記録不下那種感覺
衹好放弃
我不由感嘆
這塔，歪歪的，斜斜的
却是這世上最美好的塔

那一年春末
我踏遍了所有園林
心中却衹對一個
留下牽絆
留園中的那一片盆景園
映着夕陽
襯着青苔

托着安静
人影樹影盆影
都被夕陽拉得長長的
我忽然羡慕起那些園丁了
渴望自己就是這園丁中的一員
渴望天天體驗被夕陽拉長的感覺

那一年深秋
我帶着學生們走進南園
小雨夾雜着桂花的香味
一聞人就醉了
香味勾起淡淡離愁
一想心就碎了
烏鶇鳥用鳴叫宣告季節
一聽眼就困了
我有那麽閑嗎？
我問自己
我真那麽忙嗎？
我問自己

没有答案

今年的深秋
我又來了
依舊的桂花香味
依舊的淡淡離愁
依舊的激動憂傷
依舊的依依不捨
我用美食來解這相思
『同得興』的一碗面就够了
那條楓鎮大肉
剛到嘴裏就化了
似乎化解了部分相思
然而
夢中的姑蘇
未來你將走向何方
却成爲我永久的相思

落梅

曾經
她帶着春天的氣息
來了
也曾經
樹下啜茗
耳鬢廝磨
然而
春天終有結束的時候
大千規律，世道輪回
無法抵抗
無法改變
這就是無奈

她走了
帶着春天離我而去
當這一天來臨的時候

没有悲傷
没有彷徨
衹是有點兒心酸
讓眼泪變成護航
願我的花瓣兒
隨風
落定彼方
隨雨
沁入泥鄉
隨君
幻化成詩

花香盈室　縱六十八厘米橫六十八厘米　二〇二〇年　馮健繪

一入詩中夢不休
直徑二點五厘米　陳以蘇刻
出自馮健《紫羅蘭》
不着華衣着淡雅，清新不見紫雲愁。繁星點點亦成夢，一入詩中夢不休。

附录

誰愛風流高格調？——簡評馮健的詩和畫

陳彥光

詩曰：

趣捨何人與衆殊？京華才子雅懷虛。心中四愛梅蘭竹，手下三奇畫印書。處世立言還立德，養生觀鳥復觀魚。興來觴咏尋酬唱，天上閑雲任捲舒。

這首小詩是描繪北京大學城市與環境學院馮健博士的。當初馮健爲紀念祖父而整理《大樹遺風》文稿，囑托我寫一篇文字，因附此詩，但因故未被采用。不過，我自以爲此詩概括了馮健才藝的主要特點。讀到這首詩，就大體知道馮健的爲人和才氣；了解馮健的爲人處事，也就明白詩中所云了。

我最初認識馮健的時候，他有兩重身份：在地理學界，他是一個藝術家；在藝術界，他是一個地理學家。他後來在一首詩中感嘆：『地理行中稱畫者，畫家通理亦丹青。』如今，馮健已在不知不覺中華麗轉身：在藝術界，他是一個藝術家；在地理學界，他是一個地理學家。在中國地理學界，他師從大家，著作豐富，早已頭角峥嶸；在中國藝術界，他師從方家，創作不輟，現已聲名鵲起。這是一個漫長的轉變過程，時間快二十年了。我親睹他的人生轉型、藝風重構過程，感慨頗多，故草成一篇文字，談談馮健的詩畫，以期與有緣者分享。

我猜測，很多人在童年時代喜歡畫畫，在青少年時代愛好文學創作。我本人就經歷過這麽一個過程：童年、少年時期愛畫，少年、青年時代喜歡古今文學。因此，一度自以爲了解一點國學、文藝。但是，認識馮健之後，突然意識到自己孤陋寡聞。一九九九年，我在北京第一次見到年少英俊的馮健，談到地理專業，又談到文學藝術。當我們談到專業時，他『忽發狂言驚滿座』，我被嚇得矮了半截。後來不知怎麽一來——可能是因爲談論東、西方人的性格差异——話題轉移到藝術，論及繪畫，他對我的觀點頗不以爲然。通過交談得知，在藝術方面，馮健有家學淵源：從少年時代起步，勤學苦練書、畫藝術，到彼時已經十多個春秋了。正如他後來在一首詩中寫道：『痴迷翰墨有淵源，馮氏家傳非妄言。』比較而言，我小時候的所謂畫畫，不過兒童『過家家』而已。我們聊天的時候，原本他躺在床上，我坐在另一張床上。結果呢，對話之後，那感覺仿佛馮健高卧『元龍百尺樓』，而我躺在地板上！

後來我纔明白，馮健的少年傲氣是以足够的才氣爲底氣的。在專業方面，他正在開拓進取，立志成爲優秀人文地理學家；在藝術方面，他在詩、書、畫、印四個領域創作不止，發奮圖强。正如他在一首詩中所説：『畫意詩情談笑間，此心不負好河山。兒時立下凌雲志，揮筆何曾一日閑。』對于書法和篆刻藝術，我是外行，不敢妄評。對于詩詞，我有一些寫作經驗，因而可以做點評論；對于繪畫，基于詩、畫的關聯性，我可以做一些啓發性的討論——姑妄言之。關于本人對詩詞的愛好由來，説起來有些滑稽：少年時代的夢想是當一個小説家，寫一部《西游記》或者《水滸傳》之類的小説——我們『生在新社會、長在紅旗下』的一代人，或多或少被培養了叛逆精神，如果喜歡古典文學的話，最早愛好的難免就是這兩部反叛思想很强的小説了。彼時幼稚地認爲，要想寫出這樣的小説，就得會寫詩填詞，因爲《西游記》《水滸傳》裏穿插了很多詩詞。爲此，在中學時代，就思考詩詞的創作，當然是從背誦前人詩詞開始。人常説，『熟讀唐詩三百首，不會吟詩也會偷』！我少年時代處于文化大革命的後期，在課本裏是見不到古典詩詞的——古詩文之類都被當作『封資修』的東西禁止了，更别説閲讀古人詩詞集子了。那時所能背誦的，是一九六八年出版的《毛主席詩詞》，此外真不知道詩詞爲何物了。改革開放之後，古典詩詞零星出現。由于數量不多，當年是見一首、背一首，見兩首、背一雙。久而久之，積累了大量古典詩詞方面的詞匯并形成格律詩詞的韵律感來。一九八三年，考上大學之後，因爲參觀武漢市菊花盆景展，與人唱和咏菊詩，結識了行家，知道了近體詩的格律，認識到古、今（近）詩體風格的差别，纔逐步入門。慢慢地，融會貫通，對于詩詞曲和對聯，都有所了解、體驗，乃至形成心得了——看看這篇文章的風格，頭有『詩曰』尾有駢文，頗有古典小説的表述特徵（一笑）。

言歸正傳。二〇〇〇年，適逢著名城市地理學家周一星先生生日，馮健計劃畫一幅牡丹圖以示祝賀——那時我們已經都在北大師從周先生攻讀博士學位了。有一天，馮健囑托我爲他的《牡丹圖》配詩一首。雖然我自認爲未必勝任，但覺得這種創作頗有紀念意義，就答應模仿古人寫一二首——比葫蘆畫瓢。例如，其中之一寫道：『洛浦何曾是故家？瓊芳裁擷自雲霞。東風有意憐嘉卉，始發人間不謝花。』——牡丹一旦入畫，再不凋謝，故此云云，想當然爾。馮健後來告訴我實話，他覺得我當時爲他配寫的牡丹詩頗爲平庸。這是有道理的。清代才子袁枚就曾在其《隨園詩話》裏感嘆，最没有意思的作品莫過于生日祝壽的詩詞了。因爲這類作品首先考慮的是吉祥。終于有一天，馮健認可了我的詩詞。他要看我的其他作品，我就將自己的部分詩詞與古人的、不十分常見的作品摻雜在一起，讓他鑒别，他發現的確可以魚目混珠，于是覺得我還算有那麽一點功底。從此，馮健不再在百尺高樓上俯視我了，我們開始公平地唱和。在此過程中，我們交流詩畫，有時以酒助興——當然是啤酒居多。馮健愛喝酒，詩中自稱『能詩堪稱雅，好酒不貪杯』。當年北大有個三角地，三角地有一個小飯館。我們常去那裏要一小碗牛肉、一碟毛豆、一碟水煮花生、兩三瓶啤酒，開始暢談古今藝術。今天想來，我們聊天的時候，周圍縈繞着不少蒼蠅，嗡嗡地飛來飛去，真不知有潔癖的馮健當初是怎麽吃得下的——我猜測，他可能一談藝術就忘情，從而樂而忘蠅吧（再一笑）。博士生生涯很快結束了，畢業留校後，我們共享一個辦公室。有時在辦公室偶遇，聊聊詩書畫印，感到格外輕鬆愉快。晚唐詩人李涉有著名的《登山》詩，二〇〇九年（己丑），我曾剥之戲題二絶，反映此中樂趣，其一曰：『鎮日匆匆忙碌間，方離文海復書山。因逢卯子談書畫，又得年來半日閑。』

敷衍幾個段落，祇爲説明一事：馮健是一個極有性情的人，這種性情反映在他的詩畫裏，而本人對于馮健詩詞的評價，并非全是門外漢的妄言。馮健認識到，繪畫修煉到一定程度，就得攻讀詩詞，詩情與畫意相通。詩歌水平上去，對提高繪畫乃至書法、篆刻都有助益。詩，原本是雅言韵語。王安石説，『詩者寺言』，寺人就是廟堂之人。這個觀點引起後人争議，但也不無道理。寺原本是宫廷或者官舍，也指代官。上古的廟堂之人不同于後世的庸俗官員。看看《左傳》就會知道，古代貴族官員講話要有理有據，符合法度，并且要適當地援引《詩》的文句。故孔子説：『不學詩，無以言。』——當然這是就當時貴族而論的。所以《説文》對『寺』字的一個解釋就是『有法度者也』。所謂『思無邪』，大概就有不妄想的意思。與此相對，所謂俗語，就是山谷野人的言語，信口開河，有性情，但無法度。劉勰在《文心雕龍》裏强調：學習詩文，應從典雅開始，將根子扎正，然後逐步發展其他文風、文體。雅、俗相對，但對立統一：在一定條件下可以相互轉换，并非水火不容。古代很多大詩人，在立足典雅、正本清源之後，往往從民歌俗調中吸收性情的養分。在性情與法度之間尋求一種平衡，方得佳作。我想，不獨詩歌如此，繪畫、書法、篆刻，大概莫不如此。曾經與黑龍江一位著名書法家交談，他説書法非常講究筆法的來歷和根據。在我看來，不同之處在于，詩歌創作需要心靈即可，不必手巧；而書畫印則不僅需要心靈，同時需要手巧。從這個意義上講，書法、繪畫和篆刻藝術比詩歌創作更難。由于中國古典詩歌講究法度，該文體與西方科學具有相似之處，那就是引用。中國古典詩歌的創新是整體和意境的創新，不是個别詞句的創新。詩歌用詞最好來自前人，有根有據，甚至整個句子都可以引用前人的作品，衹要整首詩表達的意思不同即可。不同于西方科學之處在于，西方科學的引用必須注明，否則被視爲剽竊；中國詩歌的引用不必注明，讀者不知道是讀者自己閲讀量小，怨不得作者。對此，當然有不同的見解，另當别論，姑且不議。馮健的藝術創作，崇雅嫉俗，但却能够在法度與性情之間謀得平衡與協調，他是如何做到的？

根據我多年的觀察，馮健的詩畫創作，具有如下四個方面的顯著特徵：

其一，追求格調，恣意性情。在馮健看來，作詩如做人，格調要高；作畫如作詩，用筆要雅。一旦格調低俗，就無藥可治。所以對于詩畫，他首先講究的是格調，然後再及其餘；放縱性情，而不拘于成法。可以認爲，馮健詩詞的第一個特徵就是高格調，且有氣勢。例如他爲題畫而寫的一首咏蘭詩道：『幽谷叢林自在生，清芬原本落紅成。山家無事溪邊坐，聽取香風和雅聲。』格調高雅，由此可見一斑。馮健有古代名士之風，識大體而輕小節。故對于國畫，他大寫意；對于詩，也頗有大寫意的色彩。馮健喜歡畫竹，日夕觀摩，久之成竹于胸，可謂是『胸中已有千竿竹，筆下全無一點塵』。再後來不滿足于清淡的竹，而喜歡狂放的竹。于是，胸中的緑竹猗猗轉化爲紙上風雨瀟瀟，他在一首畫竹詩中寫道：『清風不愛愛狂風，瀟灑全憑揮掃中。法度終難超意趣，意從法裏顯神功。』雖然畫面有限枝幹少，但小中見大、大氣磅薄。他的詩如同他的畫，在高格調的背景下，以意趣爲先，法度其次。這并不是他不講法度，祇是他在遵守法度的同時更加放縱自己的性情而已。馮健在學術界有很大影響和很多職務，經常要出席各種會議。但是，并非所有的會議都有趣且有意義，有些任務性的會議冗長而無聊。于是，他常利用無聊的間隙作詩——化無聊爲有趣。某次會議期間，他一口氣寫了三首咏竹詩，主題分别是晴竹、風竹、雪竹，加上幾年前所寫的雨竹，可以爲墨竹四條屏配詩。如果小酌一次，那就可謂是『敏捷詩三首，逍遥酒一杯』了！

其二，立意新穎，用筆古拙。馮健寫詩、繪畫追求新奇的立意，却喜歡采用古樸的詞語或筆法。他既有清新流暢之詩，也有古樸生動之作。在樸拙中見優雅，是馮健詩畫的第二個特徵。中國古詩有古、今（近）兩體之分。古體詩没有嚴格的規則，也没有一定的字數限制，意思表達完整即可，可以重複用詞、一唱三嘆。今體詩即格律詩就不同了，約束較多，創作者必須在滿足約束條件的情况下構思自己的作品。今體詩不僅在韵脚、字數、遣詞造句方面有嚴格的限制，而且由于今體詩與樂律有關，不但平仄方面有規範，用語也要求如行雲流水，通暢明快、簡潔自然。然而，馮健意氣飛揚，詩風豪放，不愛清風愛狂風。他喜歡將古體詩的表達方式寫進格律詩詞中，讀起來古拙可愛。他不喜歡典故，視用典爲賣弄學問乃至『掉書袋』，所以他的詩文特色之二是樸素可親、平易近人。他在一首咏梅蘭竹菊四君子詩中寫道：『疏枝多寂寞，月影伴佳人。楚澤留遺韵，幽園愛納新。翠雲清且雅，傲骨素兼真。千載柴桑後，詩魂有化身。』一讀此詩，爲詩古樸可見，爲人性情可知。馮健的畫如同他的詩，喜歡用古拙的筆法，畫出空靈的意象。有時唰唰數筆，一叢飄飄欲動的蘭草或者幾枝蕭蕭有聲的翠竹就躍然紙上。

其三，不依古法，大膽創新。馮健詩畫重視先天才氣，不十分强調後天加工。他的詩畫縱才使氣，不拘泥于成法。我曾經詢問兩位書畫家對馮健書畫作品的看法，這兩位藝術家彼此不認識，但却不約而同地認爲馮健爲藝『膽大』。如果有人讓我概括馮健詩詞的特點，我想關鍵詞之一也應是『膽大』二字。突破、進取，是馮健詩畫的重要特徵。袁枚説『不依古法但横行，自有雲雷繞膝生』，既然走上藝術這條路，那就得有點螃蟹精神——『莫道無心畏雷電，海龍王處也横行』（皮日休）。没有『飛揚跋扈』的精神，就没有古代的李白；没有『横行霸道』的心態，就没有今天的馮健。從他的一首《雪竹》詩就可看出這個特點：『颯颯風來雪滿天，山居客去夜無眠。竹林冰影晨光静，最愛一枝清且研。』客人離去，主人一夜無眠，遂早早披衣起床觀賞雪竹打發時光，情感的誇張超越常態。正是因爲敢于突破，他的詩畫纔别具一格，一如他在《風竹》詩中所説：『烟波摇蕩滿晴江，風掃柴扉竹打窗。縱筆豪情揮寫後，一莖舒展世無雙。』在外界風起雲涌、驚濤拍岸、門窗嘎嘎摇動不止的環境裏，他反而能一逞豪氣，畫出獨一無二的風竹來！據馮健説，他作畫不喜沿襲前人，而是注重强調自我面貌，但這并不妨礙他對前人的學習，事實上他非常善于學習，他能輕鬆地將别人的優長消化吸收到自己的創作中來。或許因爲他太過于獨創，其藝術風格往往不能爲同行理解。他不止一次地感嘆道：『我發現一個奇怪的現象，寫詩的人不説我的詩好，贊嘆我的畫好；畫畫的人不説我的畫好，稱贊我的字好；寫字的人不説我的字好，説我的畫和印好；刻印的人不説我的印好，説我的詩和畫好！』我覺得這種現象未必是同行相輕，很大程度上可能是風格和興趣點不同使然。你太創新、走得太快，人家步伐跟不上，你就得體味孤獨了。以我本人爲例，雖然研讀詩詞數十年，對馮健的詩詞創作也有望塵莫及之感！原因之一在于，我本人是非常拘泥于古法的，約束太多，自然步子不快、走不遠了。

其四，珠聯璧合，詩畫貫通。在藝術創作方面，馮健追求詩畫合璧。嚴格來講，他追求的是詩書畫印四位一體：自繪畫、自題詩，然後自鈐印（自刻的），以求錦上添花。對于繪畫，馮健認爲『新奇須借詩中顯，妙理常從畫外藏』；對于詩歌，馮健喜歡從繪畫的角度立意乃至遣詞造句。他在一首詩中寫道：『毫端新竹色清嘉，原用詩情做畫家。竹下偶添菊數朵，東籬香逸是心花。』可见其打通了詩與畫，可以詩畫相長，彼此促進，盤旋上升。蘇東坡説王維詩中有畫、畫中有詩，馮健追求的正是這種境界，但有所不同。王維的畫我未曾見過，王維的詩大多描繪了明晰、優美的風景畫。馮健詩中之畫更多的是水墨淋灕的意象，也常勾勒雅致的畫面。用繪畫的思維寫詩，這是他的詩歌的又一重要特徵，也是非常顯著的特徵。例如他在一首咏竹詩中寫道『數竿青翠見高才，水墨留痕費剪裁』，看到翠竹，居然看出了不低的才氣，産生了水墨淋灕的國畫之感！竹本無才，當然是作者自身才氣的流露。

他的梅花詩四首，每一首構造一個意味深長的畫面。如其中的《酒徒篇》寫道：『酤酒鄰村過板橋，月光如水水迢迢。一枝横逸忽先變，詩意幽香順水漂。』這首詩顯然是一幅融山水與花鳥于一體的美妙畫圖。馮健的志向之一是寫百花詩、畫百花圖。他在另一首詩中寫道：『新詩名畫兩相扶，誰料百花榮與枯？一畫一詩留諷咏，頻將詩畫配成圖。』百花詩中，牡丹一題五首，其中之一爲：『綽約仙姿染緑塵，剪雲披露護芳春。摒除秾艷留清氣，移入詩圖作上賓。』花本秾華，但詩人獨取清氣入畫，可謂牡丹知音。荷花一題四首，其中之四寫道：『一池幽韵自生香，碧葉田田弄曉妝。輕露微風拂面過，尚疑身在水雲鄉。』四句之中，有情有景，亦詩亦畫。馮健種紫藤，愛紫藤，花開時節，徜徉其間，繞籬欹石，日夜苦吟，獲得自己滿意的作品一題十三首，在其百花詩中數量居首，其中之一道：『筆走龍蛇强布陣，珠光紫氣沁詩心。見君一面歸來後，夢裏時常苦苦吟。』在詩人看來，紫藤如畫，筆走龍蛇，紫氣流芳，滲入詩心……我想若干年後，馮健可以舉辦一次百花詩畫展。馮健的忘年交之一、南京著名畫家賈理新先生多年來也在寫百花詩、畫百花圖。如果他們兩位藝術家同時展出作品，那就更加是珠聯璧合了。如今，賈理新先生的《百花詩畫集》已由中國文聯出版社正式出版，馮健的詩書畫印精品也即將付梓，兩位藝術家的百花詩和相關的圖畫先後面世，交相輝映，誠爲可喜、可賀之事！

在詩歌方面，馮健已然積累了大量作品，其作品内容豐富、體裁多樣——有詩有詞。詩中有絶句有律詩，有五言有七言，有長律有短律，有新詩有舊體，有即興之作，有熟慮之篇。其中題畫和酬唱較多，題畫見其本色，唱和見其性情。其七律《鄉村幽居》寫道：『白鷺雙雙渡野塘，炊烟一縷過高楊。小樓幾度邀明月，大樹長年伴草堂。有酒但教花帶露，無詩且看雁成行。清幽自樂琴書畫，鄉野幽居雅意長。』這首詩一開始就構造了一幅田園畫面，然後嵌入自己的雅號，描繪出閑適、優雅、别致的生活情節。其五律《題四君子圖》寫道：『花木皆摇落，惜君能幾人？胸中存浩氣，筆下有芳春。畫簡多神趣，詩清見性真。四屏成一卷，卷内避囂塵。』此爲酬唱之作，既咏梅蘭竹菊四君子，又表達個人志趣：浩氣斂于内，春芳發乎外，因悟道而畫簡，因性靈而詩清。一個人的詩品，體現其畫品，更可以看出其人品。

在繪畫方面，馮健專攻文人畫中的大寫意花鳥，其中以梅蘭竹菊的成就最高。文如其人，畫如其詩。馮健不僅有古名士風，更兼有古君子風，故對梅蘭竹菊四君子情有獨鍾。君子立身重大節，高人治學無常師。馮健興趣廣泛，故能博取衆長，成一家之筆墨。四君子圖中，他畫得最好的可能是雅竹和幽蘭。馮健的蘭草畫得飄逸有韵，一看就産生幽香之感。他用詩情畫蘭，追求天然靈動之姿：『天生姿態自雲根，春夢深深似有痕。一朵清芬纔捧出，胸中詩意已長存。』馮健精心研究畫竹多年，一有閑暇就揮筆寫竹。他能畫出各種姿態的竹：晴竹、雨竹、風竹、雪竹、山上之竹、水邊之竹、窗前之竹、屋後之竹……他特别喜歡畫風雨中的竹：『最喜秋酣風雨後，俗情滌盡雅懷來。』他的竹不僅畫得好、畫得妙，而且畫出了靈氣。有一次一位地理學大家九十大壽，院系領導囑托馮健畫一幅畫作爲賀壽之禮。馮健畫了一幅《雪竹圖》，象徵那位先生的高風亮節。此畫似乎未受到主人家的重視，因爲十年後，這幅畫流落到了北京的一家畫廊，畫廊經理恰巧與馮健熟識，于是馮健出資贖回。該畫作在外面受到冷落，却找回自己的主人得以珍藏，豈非冥冥中有某種靈氣使然？菊有花中隱士之稱，心浮氣躁畫不好菊花。馮健畫菊較早，早年春畫雄鷄牡丹圖、秋作雄鷄菊花圖，他畫的菊花有秋光霜韵之趣。秋天課多，工作很忙，他常常忙中偷閑，賞菊畫菊：『書山案牘苦無涯，唯慰秋來有菊花。昨夜籬邊獨酌醉，却稱不羡古人家。』近年來馮健種梅、觀梅、咏梅、畫梅，對梅花如痴如醉以至產生幻覺：『……寂寂夢中語，殷殷月下看。但携紅酥手，歲歲慰冬殘。』梅花簡直成了他的夢中情人，要『執子之手，與子偕老』了。其愛妻讀此，或有醋意；林和靖先生在天有靈，大概也不免心生醋意（再一笑）！如此用情于梅，豈能畫不好梅花？

馮健詩書畫印的共同特色是性情外露，因爲他是一個多才多藝、縱横性情的人。專業和詩書畫印之外，他還有許多愛好，如栽花、種竹、養鳥、飼魚、收藏名作奇石，其中有些堪稱癖好。明末學者張岱的一個觀點，我頗以爲然：『人而無癖，不可與交也，以其無真情也；人而無疵，不可與交也，以其無真氣也。』在我看來，無癖無疵的人，不僅不能做朋友，也作不好詩、畫不好畫。人常説，如果將一個人比作蘋果，缺陷是上帝嘗了一口——味道越好，上帝咬下的就越多，從而你在這個世界上的瑕疵也就越是明顯。馮健是一個有癖有疵的人，癖在于锺情于詩書畫印、梅蘭竹菊，且用情深厚；疵在于性情外露，不同于流俗，不甘于平庸。唯其如此，纔在詩書畫印方面才華横溢。我本身收藏了馮健大量的書畫作品，幾乎每一幅都配有他的詩和印。我一直期待他的書畫價格暴漲，然後我來一個馮健書畫展銷。爲此，十多年前，我曾經寫過一首絶句：『書畫吾儕是外行，憑將妙處與商量。他年海内飆高價，我用丹青换住房。』（再一笑）

從高中開始，我本人斷斷續續寫了一些所謂的『詩詞』，自娱自樂，過後即忘，文字則零星地散布在筆記本内、書簽上、臺曆中，未曾用心記録。到北京認識馮健之後，因爲酬唱之故，撫今追昔，慢慢搜集并整理了歷年的大部分作品，外加詞匯根源方面的附録，居然成就一册，于是暫時命名爲《三愚齋主人詩稿》，并寫了『南溪賦——代序』。當然不爲出版也不值得出版，而是在親友之間聊博一哂。馮健看到此序後曾説：『此文首段寫我，理當歸我，放到有關我的作品中吧。』既然如此，那就將《南溪賦》第一段作爲此文之『跋』，録之如下：

此集之成，馮南溪功莫大焉。吾弟馮卯子健，鶴鳴之士也，江蘇沛人，别號南溪農舍。南溪其人，漢大樹將軍苗裔，凛凛七尺之軀，累累八斗之才。豐神俊頰，如碧水之紅蕖；秀外惠中，若冰壺之秋月。若夫峨冠博帶，乘鹿車、揮麈麈，真飄飄然神仙中人也。生逢太平之世，境遇浮躁之秋，南溪出污泥而不染，遇濁流而猶清，身在塵囂，心隨猿鶴。詩、書、畫、印爲其四絶，蘭、竹、菊、梅乃其四愛；養鳥、栽花常得二樂，科研、藝術已然三窟（科研包括縱、横二向，卯子真狡兔也）。南溪雅量高致，亦不乏閑情逸致。有暇時澆花弄草，陽臺上春色融融；勞累後聽鳥觀魚，書房内生機勃勃。與南溪處，如對芝蘭盈室，冉冉兮久而自香；聽南溪言，若聆鶯燕遷喬，嚶嚶然頻而不倦。

看了這個『跋尾』，回頭也就明白前面的詩文了，從而也就大略地了解作爲藝術家的馮健教授了。二〇一一年（辛卯），到馮健家賞畫，彼時他在陽臺上養鳥，鳥聲動人（故其齋號『雀鳴軒』），一時興起，曾戲填《定風波　雅弟》一詞，今贅附于後，可爲《南溪賦》之縮影，更爲篇首之呼應：

大樹當年蔭草堂，南溪春水潤新芳。工畫工詩工篆刻，難得！愛花愛鳥愛收藏。

紙上雄鷄争報曉，精妙！毫端幽草欲生香。若到雀鳴軒上看，罕見！幾多翰墨任平章。

二〇一八年初稿，二〇一九年略改

本文作者簡介：陳彦光，北京大學教授、博士生導師，著名地理學家，詩人。

花放群雀飛　縱一百三十六厘米橫六十八厘米　二〇一八年　馮健繪

一架藤蘿半架詩

縱三厘米橫三厘米　陳以蘇刻

出自馮健《紫藤十三咏其六》

幹老花嬌姿態奇，依稀想見手栽時。風摶花雨香如故，一架藤蘿半架詩。

雀鳴軒裏的真性情——學者書畫家馮健的詩書畫印淺識

祝帥

給好友兼同事雀鳴軒主人馮健兄寫評論是一件極其輕鬆和愉悦的事情，因爲我們從在燕園的第一次相聚後就成了莫逆之交。作爲北大的同事，我們所從事的專業都和書畫没有直接的關係，但彼此不約而同地都在書畫上花費了很多的時間和功夫。在學校裏，馮健兄在城市與環境學院任職，是人文地理學和城市規劃方面的專家，而我則在新聞與傳播學院從事傳播學方面的研究，我們的專業雖然不同但有交集，因此常常見面談論論文、基金、項目這些高校教師的日常種種，分享着一個以科研爲業的大學老師的喜怒哀樂；但是每當專業交流之餘，話題轉向書畫時，我們纔感覺真正進入到了彼此的樂土。我們共同的看法是，一個當代學者在有自己的專業作爲安身立命之本的同時，還必須是一個詩書畫印兼通的文人——不一定要和這些領域内的專業工作者競技分高下，至少要在量化的『科研』指標之餘保持自己性情的温潤。

後來逐漸了解到，馮健兄還并不僅僅滿足于做書畫領域的票友，而是盡可能以專業的標準來要求自己。他是我國著名書法家馮亦吾先生的族侄，可以説自幼成長在一個翰墨家庭，幼承家學。及長，在繪畫方面又問學于金陵大寫意名家徐培晨教授和首都師大美術學院的踪岩夫教授，在榮寶齋畫院接受過多年的專業訓練。書法篆刻方面，他是中國書法家協會會員，還拜師西泠名家韓天衡先生門下。

及至最近，我纔知道他在古體詩詞方面創作了體式衆多的作品。我雖在任教北大前曾長期供職于專業藝術研究和創作機構，見識過很多在某一個專業領域内取得很高成就的書畫界專業人士，但即便如此，也很少見過馮健兄這樣在多個領域中同時取得成就的通人。難能可貴的是，這些成績還都是在他理科的專業研究之餘取得的。因此，不能不令人對他刮目相看。

我以爲，馮健兄作爲當代藝壇一個有些獨特的個案，可以讓我們反思二十世紀以來，我們大舉建設書畫專業教育的局限性。不可否認，近幾十年來，我國的書畫類專業教育，尤其是以中國美術學院系統爲代表的『分科』式教育取得了極大的成就。我們在書畫教育體系的建立、技法標準的設定和訓練方式的更新等方面，都爲當代書畫注入了許多新的理念，爲提升當代書畫創作的整體成就做出了積極的貢獻。但與此同時，當代書畫的發展也讓人感到隱隱的遺憾。那就是，與古人兼通詩書畫印相比，當代書畫創作對于專業性的追求似乎又走到了另外一個極端。那就是，專業領域内的創作人士在技法越來越精熟、創作越來越成熟的同時，也似乎遠離了最初所設想的『文人』標準。那麽，一個當代文人，在詩書畫印等方面齊頭并進、豐富自己的全面修養之後，將會呈現一個怎樣的面貌？在這一點上，馮健兄向我們指出了一種可能性。

我以爲馮健兄的詩書畫印創作，有如下幾個特點。一是追求格調的高古。詩書畫印等傳統藝術門類，與西方舶來的一些現代藝術門類有所不同。中國傳統藝術講求傳承過于創新，『格調』是其重要的評價標準，甚至可以説是最高的標準。所以，在中國傳統藝術門類中，妄談創新是缺乏根基的。馮健對此有清晰的認識，因此他的藝術創作，奉經典爲圭臬，以傳統爲旨歸，探索中國傳統藝術的靈魂，在現代筆墨和語言之中不失傳統藝術的滋養，走在中國傳統藝術創作的正途上。二是追求學理的滋養。他多年來在創作之餘堅持研讀古代書畫理論，還從事書法理論研究，其成果多次入選中國書協主辦的各種理論研討會，并以交叉學科的視野在當今中青年書法研究者中獨樹一幟。這些學理都潛移默化地反映在了他的創作之中。三是追求真性情的流露。馮健雖然是江蘇人，但從地理位置來説不算是南方人，他所生活的蘇北沛縣從文化類型上屬于北方文化，其傳承了劉邦等鄉賢的氣概。『字如其人』『畫如其人』，作爲性情中人，馮健生活中的豪爽與開朗之氣，正從他的指間毫端表現了出來，真可謂既有『忽然絶叫三五聲』的痛快，又不乏『閑來無事不從容』的沉着。

馮健兄在繁忙的教學與科研工作之餘從事創作，自己的本職專業難免侵占他投入創作的時間和精力，但即便如此，他仍熱心組織參與校園的書畫活動。衆所周知，北大建校一百二十餘年來，雖然始終没有開展書畫實踐教育，但自從蔡元培時代的『書法研究會』『畫法研究會』以來，北大校園書畫活動一直在現當代書畫史上有如雪泥鴻爪。改革開放之初，北大校園書畫協會也孕育出曹寶麟、華人德、白謙慎、張辛、劉恒等書畫名家。二〇一七年以來，馮健出任新時代北京大學書畫協會的副秘書長，履職後，他多次組織了有影響力和學術水準的校園書畫展覽。正值『五四』百年之際，他與同仁共同主編了《舊邦新命——北京大學一百二十周年紀念全國書畫邀請展作品集》和《北京大學書法論文集》。近年他組織籌建北京大學燕園印社并出任首任社長。相信有着良好的書畫技法訓練和學術素養的馮健，在燕園的藝術氛圍中一定會創作出更爲豐碩的成果，踐行北大書畫承前啓後者的歷史使命。

二〇一九年四月十三日于京郊雲湖

本文作者簡介：祝帥，北京大學研究員、博士生導師、北京大學圖書館副館長、中國書法家協會理事、中國美術家協會會員，中國文藝評論家協會青年工作委員會委員，文化部第三届青聯常委。

青藤詩意圖　縱一百三十六厘米橫六十八厘米　二〇一八年　馮健繪

詩心

縱二點三厘米橫一點四厘米　陳以蘇刻

出自馮健《紫藤十三咏其一》

筆走龍蛇强布陣，珠光紫氣沁詩心。

見君一面歸來後，夢裏時常苦苦吟。

詩書畫印架起師生橋梁——北京大學馮健副教授速記

胡志平

在我交往的學者中，北京大學城市與環境學院副教授、博士生導師馮健是很特别的一位。當聽説他即將有一部作品集問世的消息時，我很爲他高興。

馮健雖邁入不惑之年不久，但于學術、藝術、教育方面都有不俗的表現。他在學術方面自不待言，撰有十餘部專著和百餘篇論文，主持過數十項研究課題，是全國知名的青年地理學家和城鄉規劃專家。這樣豐碩的成果，早已經使他在國内外學術界聲名遠播。

在繪畫方面，馮健頗下功夫，亦有建樹。于繪畫我是個外行，不好評價什麽，但從他的作品以及很多專家爲其撰寫的評論中，我能感受到，他的畫是從傳統中來的，尤其深受海派吴昌碩的影響。他長年累月浸淫于古代繪畫範本，用心揣摩，加上自己的創見，終于走出了一條屬于他自己的道路——是傳統的，也是賦予本人特有想法的，有着個性化筆墨符號的藝術創作道路。揣摩他的作品，我能感覺到他很是動了一番腦筋。他曾説，一個畫家衹知道用手畫畫，那不過是畫畫的初級階段，衹有學會用腦子畫畫，纔算是内行。雖然我尚未洞悉他如何構思畫作，但我已然能感悟到，就繪畫而言，他的創造力明顯溢于畫面之外。比如，他所創作的系列作品，『鄉愁系列』『紅門系列』『畫裏畫外系列』『影子系列』等，真不知他是怎麽構思出來的。他的一部分畫作，似乎超越了記録大自然的美和抒發情感的範疇，進而向人生哲學層面有所推進，這類作品集中反映了他在社會人文方面的思考。據我個人感受，這是目前繪畫界所稀缺的。

在書法篆刻方面，馮健在中學時代就已打下很好的基礎，大學時代求學于金陵，使他有機會向常國武、馬士達、徐培晨、陳仲明等名家求教。他的書法于隸書用功最勤，以漢隸爲基，以簡帛書爲韻，又廣泛借鑒清人隸書的成就，形成了自己厚拙稚樸、簡約率真的書法風格。在南京師大求學時，他曾擔任隨園印社社長，負責爲同學們普及篆刻知識、聯絡名家開展講座，故于篆刻方面一直暗暗用功。近年，他拜著名篆刻家韓天衡先生爲師研習篆刻，治印水準又有提升。其治印受吴昌碩、齊白石、馬士達影響較大，在漢印的基礎上融入寫意元素，追求『筆酣刀暢』的快意，借助刀與石的衝擊，塑造綫條的質感。整體上屬于大寫意一路的印風，與他的畫風頗爲吻合。

與書畫取得的成就相比較，馮健在詩歌方面所取得的成果同樣讓我感到驚訝，這從其同事陳彦光教授給予的評論中可以得見。馮健有時會發幾首新作給我欣賞，其中不乏一些『大部頭』作品，比如以『水調歌頭』詞牌寫春夏秋冬，還有《花木百咏》，前後寫了十幾年纔得以完成，想必一般人是難以做到的。他是寫詩的『快手』，在不同的場合經常有一些『口占』作品，詩纔可謂敏捷。顯然，馮健在詩詞方面所表現出的才情，與他長年累月地對古典文學的學習是分不開的。對他而言，詩詞創作與繪畫創作相輔相成。我們觀賞他的畫，畫上每每有詩。他經常專門爲一幅畫寫首詩，也經常會用畫作來表現其詩作的意境。這樣做有一個妙處，那就是能吸引讀者深入揣摩他的畫作，在他所營造的空間中，讀者可以充分體驗詩書畫印之美。

有關馮健在學術、繪畫、篆刻、詩歌諸方面的成就，很多專家都給予了很中肯的評價，對我而言，我在敬佩他充分發揮藝術創作力的同時，更感受到了詩書畫印在他教學中所産生的意義。下面就這個問題，重點談談我的一些感受。人們在談及當前社會所存在的許多問題時，教育總是首當其衝，而這之中，高等教育尤其惹人關注。藝術在高等教育中的作用，也散見于一些文章中。作爲地理和城鄉規劃學科方面知名學者的馮健，并不去做這方面的文字描述，他衹是默默地在課堂上播撒着藝術的種子，而他的學科研究又是那樣地深邃與理性。將此結合起來的，就是他對于學生炙熱的情感。

馮健教學有一大特點，就是到目前爲止，他還在使用板書教學，堅持要求學生手寫作業并以毛筆朱色手寫的方式批改學生作業，堅持在學生畢業時用自己創作的書法作品作爲贈送學生的禮物。一直以來他堅持用板書、用筆記、用評語、用藝術作品對學生產生影響。當今社會中師生之間的交流方式，已經大不同于以前我們所了解到的。試問現在還有多少老師寫板書？有多少老師還在堅守手寫批改作業呢？

十幾年的教學生涯用粉筆書寫很有邏輯性的授課內容，呈現出了兩種美，即書法美和思維美。在今天，即使是北大這樣的大學，能够主動把藝術投放在以理論建構爲長的課堂上，也是極爲少見的（以藝術教學爲主的藝術學院除外）。生活在校園裏的大學生們，是極具藝術潛質的，并且他們有能力將此轉化爲對生活、對社會、對學術研究的積極影響。但是很遺憾，他們更多地表現出了被動與沉默。在馮健看來，需要通過藝術審美的召喚，使學生們產生出對藝術的了解欲，進而關注與之相關的歷史、社會、時代，同時建立起師生溫馨的感情橋梁。

但是，被大家視爲日常多見的藝術形式，如何在各種因素的影響下，激發起學生們學習的熱情？這是我們目前應該關注的問題。爲此，馮健一直在默默地做一件事情，即在日常教學中，將書法、繪畫、篆刻、詩歌等藝術，以不同的形式與學生的學習生活結合起來，這也是我們最希望看到的。作爲課堂教學的補充，馮健成立了『北大人文地理書法興趣空間』，還邀請我擔任專業書法指導老師，在微信平臺上和同學們一起開展討論。他會選擇同學們有代表性的手寫作業，定期發送到群裏讓大家欣賞并從書法的角度來品評這些筆迹，試圖引導同學們由認真書寫作業和筆記，進入到規範的硬筆書法訓練，再由此上升到毛筆書法的學習與欣賞。通過這個平臺，很多同學對書法産生了濃厚興趣，對于硬筆書法的重要性以及如何進一步提高書寫水平有了切身體會。值得指出的是，這個平臺并不占用課堂時間，而是利用課餘時間爲同學們的書法藝術表現能力和硬筆書寫水平的提高開展指導。同學們受益匪淺，藝術審美能力和綜合素養都得到了較大提升。也積累了針對綜合性大學非書法專業同學開展書法教育的寶貴經驗。

在學校舉行的重大書畫展覽中，馮健也會帶着具有藝術潛質的學生前去觀摩，并現場做一些專業講解。有一年，在北大二教走廊舉辦『學道意蘊——北京大學訪問學者書法展』，其中有一件我的作品，以傳統筆墨書寫網絡用詞，産生了一定的争議，展覽方將作品調换了幾次位置。馮健在課堂上結合文化地理學知識介紹這次展覽和這件作品，居然有很多同學表示熟悉該展覽，也知道該作品被調换到了哪個位置。甚至還有同學，在文化地理的作業中以『萌文化』爲主題分析了該作品，并引發了對時尚文化的深入討論。在理科專業的學生群體裏能有這樣的關注是難能可貴的，也從側面説明了學生們對于藝術的熱情和敏感。有的同學在由馮健指導撰寫畢業論文時，選擇了『藝術』與『地理』相結合的論題，也有的同學受到影響而激發了其學習藝術的熱情，被保送到藝術學院讀研究生。馮健平時也能够與其他老師圍繞詩書畫印進行交流和討論，尤其是北大藝術學院的訪問學者，很多都與他熟識。

于藝術、教育方面，馮健是有家學的。他的祖父馮治平先生是對他影響最深的一位鄉賢。老人家自幼入私塾，後轉讀洋學堂。抗戰爆發後參加革命，抗戰勝利後，一直從事教育事業。老人一生桃李滿天下，在江蘇沛縣一帶享有很高的聲望。著名書法家、馮健的族伯父馮亦吾先生曾爲老人書寫聯句：捲舒由我真齊物，憂喜忘心即養神。這位爲教育傾注畢生心血的老人，帶給馮健的影響是巨大的。受家學影響，馮健在書法研究方面，是一位嚴謹的學者，有着一個學者宏闊的視野與坦誠。在近年中書協主辦的書學研討會上，馮健的三篇論文引起了與會者的極大關注：一篇是關于懷素研究的，一篇是關于書法高等教育的，一篇是關于書法跨學科研究的。關于懷素研究的文章，可考察他在文獻學方面的把握；關于書法高等教育的文章，可考察他在當下的書法教育和學科建設方面的思考；而關于書法的跨學科研究，則反映了他廣闊的學術視野。這幾次論文評選中，馮健的論文是與常年研究書法專業的人士并置一處進行評選的，他以敏鋭的洞察力、强大的研究能力和獨到的見解脱穎而出。篆刻與繪畫他也是着墨較多的，格律詩更見其童子功，常常得到詩詞前輩的欣賞。但他的謙謙君子之風，使他寧静、低調。

在平時的生活中，馮健平易近人，待人真誠，交往廣泛，對于朋友充滿了熱情。朋友舉辦展覽，他會像對待自己的事情一樣爲之傾注心血。對于朋友的家人，也是傾注愛心的。比如，當他得知朋友的孩子在學習方面遇到了困難，他會犧牲自己的寶貴時間，爲朋友的孩子做學習與心理指導，使孩子感受到一個知名教授所給予的關懷，最終克服困難。馮健可以爲朋友犧牲自己的休息時間，幫朋友去展廳内收集資料，他甚至還能够在第一時間内將有用的信息整理出來，以規範的電子版資料形式發送給對方，還及時地與對方進行學術方面的討論和交流。當朋友需要查閱北大圖書館的資源時，他也經常予以幫助。總之，在這些方面他所表現出的傳統文人情懷尤爲强烈。

他對待藝術，有一顆『真』心。有一次，針對某位書家的書法篆刻作品馮健與我交流意見。也許是我在社團工作時間長了，確確實實有很多顧忌，學術觀點不够直截了當，而他却直言痛批這兩件作品。理由很簡單：要麽不説，若説就説真話，如果這樣的作品也稱之爲藝術，我們還要做藝術嗎？其情緒之激烈，表達之慷慨，令我大吃一驚。很難想象這與之前所看到的温文爾雅的、低調而斯文的馮健是同一個人。但正是他的這種性格，纔使得他的繪畫、篆刻、詩文都表現出他這個年齡所具有的堅韌與傲岸。藝術形式有多種，但是付諸真情，努力實踐，承擔社會責任，則是一個優秀藝術家所應該具有的。

馮健一直强調，我們每個人，除了專業的學習和工作以外，還應該關注藝術，因爲藝術更能洞見人的内心世界，包括人與自身、與自然、與社會的關係。我認爲馮健尋找到了一種能使學生接受藝術影響的有效途徑。也許有的老師富有才情，但他可能衹是滿足于自娱自樂，但馮健能把自己的特長融入教學，融入生活，并進而影響到身邊的人。難能可貴的是，他尋找到了高雅藝術容易被人接受的方式，而這也使他的研究視野更加寬廣，并最終惠及他所鍾愛的學生們。

也許馮健的意義還在于：他的教育目標不是培養藝術專業的學生，而更多地是以自己生活的態度和對藝術的態度，影響學生未來的人生走向。其目標未必是培養出藝術專業人才，而更多側重于綜合型、復合型人格的塑造以及全面發展的高素質人才培養。

馮健以『詩書畫印』架起師生溝通的橋梁，這一豐饒大學生内心世界的探索模式必將會引起更多同道的關注。

二〇一九年五月于哈爾濱

本文作者簡介：胡志平，中國書法家協會理事、黑龍江省書法家協會駐會副主席兼秘書長、西泠印社社員。

四季花卉系列（四幅） 縱一百八十厘米橫二十二點五厘米 二〇二〇年 馮健繪

玉蕊冰肌處處新

縱三厘米橫三厘米　陳以蘇刻

出自馮健《梅花》

玉蕊冰肌處處新，臨山近水遠凡塵。若非風雪橋邊過，失却人間第一春。

學養　詩情　墨韻——馮健作品觀後

踪岩夫

近日，馮健帶來兩本畫册，一本是他的作品集樣本，一本是他的小品扇面集樣本，兩本畫集將同時出版，我爲他祝賀。盡管兩本集子中的大部分作品我曾經看過，這次仍以欣喜之情慢慢翻閱，細細品味。

作品像一個個鮮活的生命，像一波波激流的浪花，躍然入目，怡興悦心。勃勃然，鬱鬱然，粲粲然。輕鬆的筆致，率性的思緒，清新雅正的精神狀態，既饒有情趣又充滿生機。作品給我的第一印象是『活脱』二字。

寫意作品能把筆墨用活并非易事，須虚實濃淡自然，而形神韵味俱足，非技巧悟性相參不能取得。不少人辛勤半生，刻苦磨練，未見得能去掉死氣、匠氣的毛病。古人把『氣韵生動』列于六法之首，確實内有深意。

馮健的畫不拘泥，不拖沓，不繁亂，不在刻畫描摹上過分着力，而是以簡約概括之筆寫其大致，神韵風致自在其中。即使較爲複雜的題材内容，亦化繁爲簡，點到爲止，讓人有若有若無、不了了之的詩意和美感。這頗似古典詩中的七言五言，文字濃縮但氣場反而大。

馮健是位青年學者，又善詩詞。他每到一地，每見一物，多以詩心關照，雅興頓生，一旦靈感閃現便手到詩成。他在學校及社會上又多詩友，經常聚會唱和，交流切磋。詩心通于畫心，他畫中的某些特點，也許正與寫詩有關。所以，我的第二印象是『詩情』。

作品給我的第三印象是『清新』。我知道清新二字是已被用爛的溢美之詞，但面對眼前的作品又別無選擇，姑且用之。我所説的『清』，是指清正純潔。他不搞醜怪，不入俗套，不作假態，筆中的清氣、正氣、朝氣全從自己肺腑中來。我所説的『新』是指舊題材能焕發新光彩，寫出新精神，而且是帶有個性色彩的當代精神。有些作品的題材和意境，尚屬首創，與他人決不相同。所以看完他的作品後，會感到有傳統而不僵化，題材舊而內容新。

馮健作品中的藝術特點，既來自他的勤奮與個性，也來自他的認知高度。我謂此人有三高：學歷高、智商高、品味高。儘管人尚年輕，但他早已成爲北京大學的博士生導師、人文地理方面的專家。他自幼業餘修習詩詞、書畫、篆刻，精力旺盛，富有朝氣，聰敏靈活，可以多科齊進而尚有餘暇，治學、辦事效率極高。爲人誠實守信，待人温厚，又多文人雅士之風。他雖用于繪畫的時間不算很多，但進展迅速，產量頗高，顯示出視點高、領悟快給他帶來的巨大潛力。

在我帶過的學生中，有三種類型：專業院校畢業生，普通業餘繪畫人才和高知業餘繪畫人才。他們表現各不相同。專業院校畢業生造型能力最强，普通業餘人才學習熱情最高，高知業餘人才進展速度最快。這讓我常常思考一個問題，繪畫藝術的本質與繪畫者素質、素養之間的對應關係。

中國畫這一繪畫藝術，是一種心造之術，是人造之美，不是自然美的簡單摹擬。自然美是自然世界的形體、色彩、紋理之美，是可視的外觀美。繪畫藝術的藝術美，不是單純的外觀美，而是自然界的某些素質與人的心靈交流、互補、化合、再造而形成的意象美。這種美不單存在于形象表面，而含蓄于形象之中或形象之外，有人稱之爲內美。藝術美比自然美更高級、更理想，更具有抽象的意識形態性質。

自然美，人人目力可及。藝術美，非有慧眼識珠之能不能發現、不能認識。由于人的心識悟性高低不等，所以發現美、認識美的能力大有差别。藝術作品精神品味的高低、思想内容的强弱、審美意識的優劣，其淵源皆出于此。

繪畫藝術的審美能力從何而來？按古人説法是兩個方面：一，學而知之；二，生而知之。學而知之，是説一切知識都是從學習中獲得。知識廣博，學養深厚，多識多見，纔能有胸懷、有眼力、有思想，這是審美能力的知識基礎。生而知之，是説頭腦這個機器質量要好，要有悟性、有天賦，舉一反三，一點即通，善于思考和想象等，這是提高審美的必要備件。知識加悟性而成智慧，智慧加審美天賦而成審美能力。所以文化知識的深淺，對于中國畫審美能力的搞高，具有重要作用。我想這正是像馮健這樣的高知業餘繪畫人才能够快速長進的主要因素。

前輩大師吴昌碩，先有出衆的治學和書法篆刻基礎，雖四十歲學畫亦未爲晚。齊白石，木匠出身，僅憑天賦而發奮自學，文化與藝術雙管齊下，終生不輟而有大成。黄賓虹，學術與書畫并重，以高智慧領大格局而厚積薄發。他們都在治學治藝上同時用功，纔有不凡造就。若以爲造型能力與筆墨功夫可以包辦一切，而無學術支持，恐怕會有皮無骨，後繼乏力。相反，如果僅有學問和理論而不踏實練功，恐怕連門坎都難于進入，更談不上登堂入室。現在有不少社會名人兼攻繪畫，或天賦有限，或時間不足，很少有成功之例；即使小有名氣，亦以人名助畫名而已。

當今畫界，從上至下，凡能于宣紙上横塗竪抹者，皆稱寫意，從來無人深究『意』爲何物，『意』從何來，有何『意』可寫？一個人上無文化素養，下無人生體悟，中無個人思考，僅反復重複前人的筆墨程式皮毛，能叫寫意？是己意還是他人之意？須知中國畫中的寫意，是文化而非野化，是美術而非醜術，是創作而非公式，是寫自己胸中之意而非他人迹中之意。如果寫意僅是寫其皮毛與空殼，即使筆墨尚佳，也没有觸及寫意畫的藝術本質。這種現象，大多也是重技不重文的後果。更有部分同行，自標『文人畫』『學者型』，實際上真的文人學者不用自標，作品中自然會有流露。没有真實的文化學術在胸，僅追求其形式特徵，不但不能奏效，反有自醜之虞。不如及時補其不足。

總體而言，馮健的畫有傳統、有生活，也有在技法和題材上創新的嘗試，説明他是個善于動腦、勤于思考的人。他的畫，無論花鳥還是山水，都形成了自己的面貌，且耻與人同，這一點我很贊賞，也感到欣慰。詩書畫印，人稱『四絶』，衹有少數大天才下大功夫纔能達到，當代健在的人能達到此境者寥寥，能二者、三者兼擅已屬不易。實際上，寫意畫與詩的關係是密不可分的，所謂『詩畫本一律，天工與清新』，詩畫是孿生兄弟，最主要的相通在于『魂』，在于創作思路和追求的境界。書與畫則在技法上相通，中國畫畫到高處，就講究一個『寫』字，這也是中國畫在世界上最有專利價值的地方。篆刻則可視作是書法的延伸，有了更好，没有也不影響大成。馮健的可貴之處在于，他有很好的藝術素養和文化修養，尤其是在詩詞、書法和篆刻的創作上，也都自具面目，顯而易見，這些修養都對他的大寫意繪畫具有反哺作用。

從前輩大師成功的經驗來看，馮健的畫尚屬年輕階段，但從中看出似有大家之相，我對他寄予期望，故有上述拙議。借此祝願馮健本人，以及所有有志于書畫的年輕朋友們努力進取。

二〇一九年八月于京西花園村

本文作者簡介：踪岩夫，首都師範大學教授、原美術系系主任，中國美術家協會會員。

風傳雅韵　縱一百三十六厘米橫六十八厘米　二〇一八年　馮健繪

長吟化玉龍

縱二厘米橫二厘米　陳以蘇刻

出自馮健《松》

作伴梅林友竹叢，歲寒凋后更從容。何當欣遇千秋雪，一躍長吟化玉龍。

作者簡介

馮健（一九七五—），江蘇沛縣人，科學和藝術雙栖型學者。北京大學副教授、博士生導師，北京大學城市與環境學院社會與文化地理研究中心主任。北京大學燕園印社社長，北京大學書畫協會副會長兼秘書長，中國美術家協會會員，中國書法家協會會員，中華詩詞學會會員，《書法賞評》雜志編委、《人文地理》雜志編委。在商務印書館、科學出版社、中國建築工業出版社、人民美術出版社、中國書店等權威出版社出版學術著作和作品集十餘部，發表論文一百七十餘篇，主持國家科技支撑計劃課題、國家自然科學基金課題及各種省市級規劃設計和研究課題四十餘項。二〇一四年至二〇一九年連續六年榮登『愛思唯爾社會科學領域中國高被引學者榜單』。作品入選第七届中國書法蘭亭獎作品展、第六届『孤山證印』西泠印社國際印學峰會、全國書法學學科建設與發展學術研討會、全國第二届高等書法教育論壇、第十一届全國書學討論會、首届懷素草書學術論壇、百年西泠·湖山流韵——西泠印社詩書畫印大展、新中國成立七十周年暨榮寶齋畫院建院十五周年——中國書畫名家邀請展、當代百名楹聯書法家作品展等權威展覽和學術活動。